Royal Kiss Label

騎士団長と『仮』王宮生活!?

～ロイヤル・ファミリー～

立花実咲

JN211651

この物語はフィクションであり、実在の人物・団体・事件等とは、いっさい関係ありません。

騎士団長と『仮』王宮生活!?
～ロイヤル・ファミリー～
人物紹介
ランドルフ
新婚生活に幸せいっぱいの26歳
王弟アンゼルムと『仮』主従契約を結ぶことに。
エルナ
ランドルフの新妻になって幸せな19歳
初めての王宮生活にドキドキ。

イラスト・えとう綺羅

Contents

プロローグ　とある恋の話

昔々、こんな恋の神話がありました。

【あの美しい娘と結ばれるなら、この生命を捧げても構わない】

ある美しい娘に恋をした男は、毎日のように神様に祈りました。

強く祈り続けたその願いはついに叶えられ、男は娘と結婚することになりました。

娘は男を恋慕《した》うようになり、男はより娘を愛しく思い、二人は幸せな結婚式を挙げます。

けれど男は神様と約束した通り、結婚式を挙げた夜、命を捧げなくてはなりませんでした。

残された花嫁は、目の前からいなくなった彼を探し、冥界《めいかい》まで彼を訪ねて行きます。

ところが、冥界の門は開きません。生命のあるものはけっしてその先に行けないのです。

花嫁はその場で泣き崩れました。そして一向に動こうとしません。

門の前に座ったままの花嫁を憐《あわ》れんだ冥王は、彼女を可憐な青い花に変えました。

ひと目見たら忘れられないような、青空のように澄んだ色をした美しい花です。

その一輪の青い花の名は――【ネモフィラ】といいます。

今でもずっと、いなくなってしまった男に会える運命のときを待っているのです。


「――おしまい」

「……そんな。もう会えないの？　これじゃあ、少しも幸せな気持ちにならないわ」

母親から読み聞かせられた七歳の少女は、最後のしめくくりを聞いた途端、悲しい気持ちになってしまった。もっと運命的に結ばれる最後を期待していたのに、そうではなく悲恋だったのだ。

しかし母親は少しも後ろ向きなことは言わなかった。

「きっと好きな人ができたら、あなたもそれだけの情熱を知るようになると思うの。そして、何が間違っていたか、何が正しかったか、大切なことに気付いていくのよ。大人になってこの本を読んだとき、人を愛するということの本当の意味がわかるわ」

「そういうものなのかしら？」

少女は不満だった。彼女の理想は、いつでも仲のよい両親のような夫婦になることなのだ。

或いは、ここベルンシュタイン王国に語り継がれる、王の情熱と騎士の献身、そのはざまに揺れた美しいミンディア妃の物語のような、情熱的な恋をしてみたいとも思う。

少女の母は遠い日々に想いを馳せるように、やさしく微笑んだ。

「あなたも大人になったら……いつかきっと胸を焦がすような人に出会うわ」

「それは、何年後になるのかしら」

「どうかしら？　十年後くらいかしらね？」

母親はにこやかに返事をし、仕事から帰ってきた父親の方へと視線を向けつつ、こっそり耳打ちをする。

「私があなたのお父様への恋心に気付いたのは、十七歳のときだったわ。でもね、あなたの年くらいから、ずっと憧れていた人だったの」

「ある日、どこかで出会ったのではないの？」

「ええ。ある日、気付いたのよ。プロポーズしてもらえたときに」

と、そこに父親が間に入ってきた。

「君たちは、仲良く、何の話をしているんだい？」

「ふふ。昔話よ、ねえ？」

「なんだ。妬けてしまうな」

母親に目配せされた少女は、こくりと頷く。
そして、いつまでもお互いに恋をし続ける両親を羨望《せんぼう》の眼差しで見つめた。
(素敵よね。やっぱり私も、お父様とお母様のような恋がしてみたいわ)
少女は、小さな胸に甘い気持ちをいっぱい詰め込むのだった。

第1話　『仮』新婚生活への想い

ユーグラウス大陸の中で最も広大な領土を誇る南西の国ベルンシュタイン王国に、この程あたたかな春が訪れ、王都シュタルツの中央に構えられたノーブル宮殿内では恒例の騎士叙任《じょにん》式が粛々《しゅくしゅく》と執《と》り行われていた。

国王ならびに王妃は、王立騎士団に入団した者たちへ宣下を行い、騎士は授けられた剣と盾をもって、君主および主君に忠誠を誓う。

王立騎士団のうち王族警護にあたる近衛騎士団の第一団長ランドルフ・エアハルト・アイゼンシュタットは、新人騎士たちの姿を見守りながら、今から約二年前のことを沁々《しみじみ》と振り返っていた。

(私がエルナに仮の新婚生活を持ちかけた日も……今ごろの季節だったか)

ランドルフの脳裏に、妻エルナのまだあどけなかった十七歳の頃の姿が思い描かれた。と同時に、その頃二十四歳だった自分の境遇を同時に振り返り、なんとも面映《おもは》ゆい気分になる。

ランドルフの生家であるアイゼンシュタット家といえば、王都シュタルツを領地として治め、古くより名誉ある騎士を輩出し、国から叙勲《じょくん》を与えられた貴族の名門である。先代の当主シュタルツァー公爵が亡くなった後、ランドルフの兄が家督《かとく》を継いだ。

次男であるランドルフは王立騎士団に所属しており、当時第一王子であったマルクス・ノア・ベルンシュタインの近衛騎士として長年側に仕え、国からグライムノア公爵という名誉ある爵位を与えられていた。

王都の中心にあるアイゼンシュタット家の邸の近くには、ブラウゼル公爵の邸があった。ブラウゼル公爵もまた旧市街地を領地として治め、内政にも深く関わる貴族の重鎮《じゅうちん》である。

そのブラウゼル公爵の嫡男《ちゃくなん》であり外交官を務めるクライナー伯爵ことハインツ・ローゼン・ダールベルクと公爵令嬢のエルナとは昔から付き合いがあり、ランドルフの幼なじみともいえる間柄だ。

エルナは七つ年上のランドルフのことをもう一人の兄であるかのように幼いときから慕ってくれ、ランドルフもまたエルナのことを可愛い妹のように思い、見守ってきたつもりだ。

しかし成長するにつれ、想いはそれだけに留まらず、いつからかランドルフはエルナを一人の女性として見るようになっていた。

エルナは高貴な身分にありながら社交界に出席するのが大の苦手だった。人見知りの彼女は恥ずかしがり屋で、人前であがると真っ赤になってしまう赤面症なのだ。それを幼少時にからかわれて以来、男性が苦手になってしまったらしい。

だが、ランドルフにだけは信頼を寄せ、特別な存在に思ってくれていた。

だからだろうか。もう一人の兄のように慕っていたランドルフから突然プロポーズされたことに彼女はひどく戸惑った。そればかりかランドルフを遠ざけてしまうこともあった。

そこでランドルフは、エルナに少しずつ自分のことを男性として意識してもらい、心を開いてもらうために『仮』の新婚生活を持ちかけた。

最初はなかなかうまくはいかず、心を開いてもらえるのにかなりの時間がかかった。それでもランドルフは諦めなかった。どうしたってエルナが愛しくて、自分の花嫁にしたくてたまらなかったのだ。

紆余曲折《うよきょくせつ》を経て、時々すれ違いながらも互いの想いを確かめ合い、本物の夫婦となり絆を深め、この二年という月日を過ごしてきたつもりだ。

妻もいまや十九歳になり、以前よりもぐっと大人っぽくなった。日頃からグライムノア公爵夫人として淑《しと》やかにあろうと努力をしている。

今年二十六歳になるランドルフとの間には、生後九ヶ月の愛娘ニーナがいる。可憐な花のように愛らしい娘は、見る者の心を癒してくれる天使のような存在だ。

公爵夫人という立場ならば晩餐会、舞踏会、サロンへの出席などの社交界を優先し、乳母に育児を任せるのが貴族社会では普通なのだが、彼女の場合はニーナのことを乳母任せにはせず、娘との時間を大切にしたいと言い、慣れない育児に積極的に関わっている。

それは大変微笑ましく、夫のランドルフとしても幸せなことなのだが――。

「――さっきから悩ましい顔をしてどうしたんだい」

その声にランドルフはハッと我に返る。

うっかり物思いに耽《ふけ》っており、気付けば叙任式はとっくに終わっていった。

そして、国王マルクスが美しい金髪の合間から琥珀《こはく》色の瞳を覗かせ、怪訝《けげん》な顔つきでこちらを見ていたのだった。

「申し訳ありません。私としたことが。陛下の御前で大変失礼いたしました」

ランドルフは背筋をすっと伸ばしたのち、恭《うやうや》しく頭《こうべ》を垂れた。

「別に咎《とが》めたわけではないのだから、面をあげていいよ、ランドルフ」

許しを得られたランドルフは、硬質な黒髪をさらりと揺らし、即座に顔をあげた。

「王立騎士団一の精鋭とまでいわれる騎士団長を悩ませるものとは、さて？」

マルクスは悠然たる笑みを浮かべた。

しかし彼の眼差しは、隙があらば突こうとする鷹のように鋭い。

「い、いえ。私は何も……」

ランドルフは条件反射的に口を開いてから、その先を噤《つぐ》んでしまう。

「隠さないでもいいだろう。おまえが悩んでいることがあるとすれば、たいていはエルナのことだ」

ずばりと言い当てられ、ランドルフは言葉を詰まらせる。

まったく、王の観察眼は侮《あなど》れない……とランドルフは思う。

「陛下には敵いませんね」

ランドルフは諦めて、素直に認めることにした。

「何年来の付き合いだと思っているんだ。ランドルフのこともエルナのことも、手に取るようにわかるよ」

マルクスは愉快なものを眺めるように微笑を浮かべる。

そう言われてしまうと、ランドルフは何も言い返せない。

マルクスが王位を継いだのは約二年前のこと。宮中はそれまで王位継承をめぐって第一王子マルクスを支持する穏健派と第二王子アンゼルムを支持する改新派とで真二つに分かれていた。

二人の王子は腹違いの兄弟で、マルクスが正妃の子であり、アンゼルムが妾妃の子である。立場上、常に優遇されてきたマルクスと忍従《にんじゅう》せざるをえなかったアンゼルムが仲違いし、衝突するのは仕方のないことかもしれなかった。

しかしベルシュタイン王国の最大の問題はそこではなかった。宰相ゲラルトが裏で手を引き、国家転覆を狙った事件が勃発したのだ。

宰相の策略により暴徒が隣国エルドラーンに乗り込んだことから、両国間に大きな戦争が引き起こされる寸前まで追い詰められた。その一方、城の内部では国王とマルクスが拘束され、イレーネ王女が誘拐されるという事態に陥《おちい》ってしまう。

当時ランドルフは王立騎士団の近衛騎士団長として、軍を率いるアンゼルムの護衛につき、国境に押しよせる暴徒の鎮圧にあたっていた。

その間、マルクスの婚約者と勘違いされたエルナが宰相ゲラルトに掴まってしまい、マルクスと共に殺害される危機に見舞われた。宰相ゲラルトの狙いは、国を乗っ取るために王族を弑《しい》逆《ぎゃく》することだったのである。

マルクスの機転によりなんとか危機は免れ、騎士を分隊させて城に戻ったランドルフはエルナとマルクスを救出に向かい、宰相ゲラルトを捕縛《ほばく》する。その間、王立騎士団の中心となって活躍したアンゼルムの働きにより暴動は鎮圧し、国は平和を取り戻すことができた。

その折に兄弟は和解の道を歩んだ。王位は順当にマルクスが継ぐこととなり、アンゼルムは王弟として王を支えることを誓ったのだ。

勘が鋭く才気に溢れ、また洞察力に優れたマルクスは、ランドルフが最も尊敬する君主である。近衛騎士として入団以来、ランドルフはずっとマルクスの側に仕えており、それは彼が王位を継いだあとも変わらない。

病に伏してゆっくり養生生活をはじめた先代からも新王を支えて欲しいと直々に頼まれた。もちろん、ランドルフはそのつもりである。

新国王となったマルクスからアンゼルムと共に叙勲を賜《たまわ》った際に、ランドルフはあらためて君主への忠誠を誓った。王と王弟の二人を護ることこそが、近衛騎士団第一団長ランドルフの使命なのだ。

一方、新国王となったマルクスはというと、叡智《えいち》に溢れた君主たる貫禄《かんろく》があらわれるようになったが、立場が変わったところで元来の性格が一変するものではなかった。

良くも悪くもマルクスは知略家の男で、それは政務に関わること以外でも発揮される。ランドルフを「忠犬の君」といって可愛がり、掌で転がすのが好きだという、はた迷惑な趣味を持っているのである。

それは、何も主従関係を結んだあとに始まったものではない。

実のところマルクスとランドルフの二人は王立学園や騎士学校を共に歩んでいる幼なじみでもあり、当時からマルクスはランドルフを頼る一方、何かと気にかけてくれるのだ。

それはありがたい。ありがたい……のだが、少年期のいたずらな顔を覗かせるときは、たいていランドルフにとってはよくない場合が多い。

今日も今日とて何か企《たくら》んでいるような顔つきをしているので、ランドルフはいやな予感がした。

「エルナはいつになっても手厳しい女性だね。それがまた彼女の魅力なのだろうけれど」

マルクスはそう言ったかとおもいきや、少し身を傾けるようにしてランドルフの耳元に近づき、持ち場についている他の兵に聞こえぬよう、声を潜めて問いかけてきた。

「……それで、我が忠犬の君は、一体どのくらいの期間、お預けされているのかな？」

ランドルフはぎょっとして、精悍《せいかん》な顔など見る影もないくらい、顔を真っ赤に染め上げた。

『忠犬の君』とマルクスからからかわれても、それは今さらなので構わない。その後の発言の方がずっと問題がある。

お預け……それは今しがたランドルフが思い巡らせていたことだったからだ。

「やはり図星か」

マルクスが人の悪い笑みを浮かべる。

「ぐっ……」

ランドルフは言葉にならなかった。

実を言うと、エルナが妊娠してからは彼女を今まで以上に尊重しようと思い、出産が済んでからも彼女が落ち着くまで我慢しようと心に誓ったランドルフだが、その結果、妻に再び触れるきっかけが掴めずに今日までできてしまったのだ。

自分はこれでも我慢強い方だ。愛しい妻のために、娘が節目の一歳になるくらいまではあたたかく見守っていよう……ランドルフはそう思っていた。

しかし、夫としては妻の意識が他の方に向いてばかりいれば、寂寥《せきりょう》感を抱いてしまうのも否《いな》めず、我慢に我慢を重ねた結果、妻に触れられない欲求不満が高まっている状況なのである。

「……まったく、陛下はまた何をおっしゃっているのですか。我々は仲良く過ごしております。ご心配されているようなことはありませんよ」

精鋭騎士として屈強な体躯を持ち、常に泰然たるランドルフでも、エルナに関することを追及されると、情けないほどに体面を保てなくなる。

ランドルフは君主の鋭い指摘に動揺しつつも、なんとか知らないフリを通そうとするのだが、怜悧《れいり》な君主にはすべてお見通しのようだ。

「おまえが仕えている間、果たして何回ため息が聞こえてきたことか。なんなら、側近にその数を公表してもらってもいいのだが」

マルクスが白々しいといった冷ややかな視線を向けてくる。

ランドルフはぎくりと顔を引き攣《つ》らせた。

「そ、そのようなつもりはありませんでしたが、任務中の失態がありましたことをお詫び申し上げます」

観念して謝罪をすると、マルクスはくすくすと笑った。

「いや。冗談だよ。相変わらずおまえは堅物というか不器用というか」

「あまり私をからかわないでいただきたいのですが。陛下も相変わらず……ですね」

人が悪い、とまで発言するのは、さすがに君主に仕える者としては控えることにする。

「気にかけているんだよ。任務をそつなくこなし、近衛騎士団の中で最も優秀な第一団を率いる騎士団長殿には長いこと現役で頑張ってもらいたい。だからこそ公私ともに心配しているんだ」

君主から思いがけない言葉を頂き、ランドルフはいたたまれない顔をする。そんなランドルフを眺め、マルクスは窈窕《ようちょう》たる微笑を浮かべた。

「そこで、だ。使いの者におまえの邸宛の手紙を託したところだ。今頃エルナは読んでくれていると思う」

「手紙ですか？　それは一体……」

ランドフルは眉根を寄せた。

君主の存在はありがたいが、時々余計なことをしてくれるときがある。妙なことをエルナに吹き込んで、こじれることはしたくない。

また、夫として立つ瀬がないようなことになるのは避けたい。何より、愛しい妻に嫌われるようなことがあったら……それが一番困る。

焦って知りたがるランドルフを尻目に、マルクスは楽しそうに口端をあげた。

「それは任務を終えて邸に戻ったとき、愛しの妻に直接聞くといい。さっきなんともないといったのはおまえだ。お預けされることに慣れているのなら、この程度のこと、問題ないだろう？」

マルクスはさっきランドルフが隠し立てしようとしたことへの嫌味を含めたのだろう。それにしても、餌《えさ》を目の前に吊るしておきながら、お預けの仕返しをするとは、なんという意趣返しだろうか。

「ぐっ……ほんとうにお人が良すぎますね、陛下は」

思わずといったふうに、ランドルフはため息をつく。またしても君主を相手に、人が悪いとまではっきり物を申せないところが、もどかしいところだ。

「何か反論があるなら言えばいい」

マルクスはしれっとした涼しい顔でそう言い、顎をしゃくった。

「いいえ。陛下の仰せのままに」

ランドルフはあっさりと主の意見を肯定した。

それ以上墓穴《ぼけつ》を掘って、探りを入れられるのは勘弁して欲しいと思ったのだ。

と、そこへ「陛下、よろしいですか?」と臣下から声がかかり、マルクスが振り返る。

どうやら側近が呼びに来たようだ。宰相が処刑されてから、相変わらず宰相職は空席のまま後任は決まっていないのだが、その代わり意見の偏りがないように、マルクスは二名の側近を置いている。そのうちの一名だった。

もう一人はおそらく、アンゼルムの方にいるだろう。いわば側近らは、政務を行う王と王弟の橋渡し役に選ばれたというところだ。

王と王弟の派閥争いがなくなり、重臣たちも含めて一枚岩になったところで、国はいい方向にまとまりつつある。皆、王として手腕を発揮するマルクスを尊敬する一方、知略に富んだ主に畏怖《いふ》を抱いてもいるようだ。王としてそれは正しいが、せめて私生活ではその策士っぷりを休めてもらえないだろうか、とランドルフは密かに思う。

「ランドルフ。今夜の件が無事に済んだら、おまえに頼みたいことがあるんだ。まずは、エルナとの件、よい報告を待っているよ」

では、とマルクスは楽しげに笑顔を浮かべ、マントを翻《ひるがえ》す。国王の後ろ姿を見送るべく、ランドルフは胸に手をあてがい、忠誠の姿勢をとるが、心の中は裏腹だ。

(まったく読めない。我が主《あるじ》のことながら、一体何を目論んでいるのかが)

これまでもエルナとの仲を深めるために、何かしら奇策を立てて面白がっていたマルクスである。今回の件も、どうも妙案が仕掛けられている気がしてならない。

(今頃エルナはどうしているだろうか)

ランドルフは余計に妻のことが心配になってしまった。

♠
♠
♠

邸の部屋の窓から心地よい風が入り込んでくるのを感じながら、エルナは生後九ヶ月の娘ニーナのために編み物をしていた。冬の間こつこつ作っていたミトンが間もなく完成しそうなのである。そして、これが完成したら今度は靴を作ろうと考えていた。

ニーナはさっき眠りについたところで、乳母のヒュルグナー伯爵夫人ことモニカ・ヒュルグナーが様子を見てくれている。

モニカはエルナが結婚する前、家庭教師をしてくれていた中年の女性だ。彼女自身には二人の息子と一人の娘がいて、立派に成人するまで育てあげた経験がある。おっとりとしたふくよかな美人で、幼い頃に亡くなった母親の面影を思い起こさせる人だった。

人見知りすることが多かったエルナが自分の乳母やメイドたち以外に唯一信頼を寄せていた人物だったことから、出産する少し前に、父のブラウゼル公爵が彼女に依頼してくれたのだった。

生まれたばかりのときは勝手がわからず、乳母に助けてもらいながらお世話をする日々だった。生後六ヶ月を過ぎ、ハイハイをしたり掴まり立ちをしたりしはじめてからは、ますます忙しくなった。

エルナの生活は妊娠してから一変し、ニーナのために時間を費やすことが多くなったが、毎日が新しい発見の連続で、愛する夫と娘と三人で一緒に過ごせる毎日は、とても幸せだった。

ふと、窓の外に視線をやると、王宮の馬がこちらに向かっている姿が見え、エルナは思わず手元を止めた。すぐさま部屋を出て、一階へと続く階段に足を運んでみる。

訪ねてきた人物は王宮からの使いらしく、家令が応対している。その後すぐ、家令から呼びつけられたメイドが、エルナのもとにやってきた。

「若奥様、王宮から使者の方がいらっしゃいましたが、お待ちいただかなくて大丈夫ですか？」

「ええ。すぐに、降りていくわ」

エルナはそのまま玄関へと向かい、王宮から来た使者の元へと急いだ。

使者はエルナに目礼する。

「主人の身に……何かあったのですか？」

不安になってエルナが尋ねると、使者は即座に否定した。

「ご安心ください。私がお持ちしたのは、国王陛下からの挨拶状《あいさつ》です」

差し出されたのは、王家の紋章を象った印璽《いんじ》にて刻印された、封蝋《ふうろう》つきの白い封筒だった。

「挨拶状……？」

エルナは首を傾げる。詳細は使者も知らされていないらしい。

「では。確かにお渡しいたしましたので、私はこれにて失礼します」

「わざわざ届けて下さってありがとうございます。陛下にどうかよろしくお伝え下さい」

使者は頭を下げ、それから馬に乗って颯爽と去って行った。

エルナは使者を見送ったあと、さっそく手紙を開いてみることにした。

封蝋を解くと、品のいい薔薇の香りが甘く漂《ただよ》い、マルクスをはじめ王宮の人たちのことがすぐに思い浮かんだ。

そういえば、ニーナが生まれて以来、しばらく王宮にお邪魔していない。宮仕えしているランドルフから様子を聞いているとはいえ、ずいぶんと長い間みんなの顔を見ていないが、それぞれ元気にしているだろうか。

『親愛なるエルナ』

その書き出しは、マルクスらしさに溢れていた。彼は手紙をくれるときはいつもこんなふうに始めるのだ。

『やあ。エルナ。しばらくぶりだね。その後も変わりなく、元気で過ごしているかな？　ランドルフから、エルナが乳母任せにせず育児に積極的に関わっていると聞いて、感心しているところだよ。突然だけれど、今日の午後に我が妃ソフィアを連れ、そちらに参りたいと思っているよ。どうか久しぶりに愛らしい顔を見せて欲しい。久しぶりに会えるのを楽しみにしているよ。マルクス・ノア・ベルンシュタイン』

(えっ……!?　陛下がこちらにいらっしゃるって……本当に？)

どうやら先触れの文だったらしい。

「た、大変。今日の午後、マルクス陛下とソフィア妃殿下がこちらにいらっしゃるんですって」

エルナは慌てて家令に声をかけた。

「なんと。では、すぐにでもお迎えできるようにしておかなくては」

その家令の一言で、側に控えていた若いメイドたち数名が一斉に騒がしくなった。

「ほんとう、一大事ですわ。失礼のないように準備しないと」

「私、お庭の方をお掃除してきます」

メイドたちが散り散りになっていく。

エルナはというと、乳母のモニカの部屋を訪ね、しばらく世話を頼みたいと告げた。

「かしこまりました。ご安心ください。ニーナ様のことは私に引き続きお任せくださいませ」

「いつもありがとう」

ホッとして胸を撫《な》でおろすと、主にエルナたち夫婦の身の廻りの世話をしてくれているメイド長のシンシアがエルナに声をかけてきた。

「若奥様、急ですが、午後においでいただくのであれば、ちょっとしたお茶会を開いてはどうでしょう。シェフにはさっそくお菓子を作ってもらおうと思います。陛下と妃殿下のお好みをご存知でしたら、知る限りのことをお聞かせくださいませ」

「ええ。そうね。お願いするわ」

エルナはシンシアに知っている限りのことを伝え、自らもまたおもてなしのために身なりを整えたり、邸の者たちの手伝いしたりすることにした。

　そうこうしているうちに陽は高く昇り、少し傾きかけた午後の二時くらいに、王宮からの馬車が邸に到着した。

　邸の者が一同揃って、玄関の外に出てお迎えすることにする。麗《うるわ》しき国王陛下の滅多にないお出ましに、メイドたちは皆うっとりとした表情を隠しきれないでいた。

　エルナもまた国王夫妻の気品あふれる様子に魅了される。マルクスには王子であったときとは違った王としての風格がしっかり滲み出ているように見えた。

「やあ。久しぶりだね。エルナ」

「ごきげんよう。陛下。お待ちしておりました。わざわざお越しいただけるなんて。とても光栄ですわ。ソフィア王妃殿下も、ありがとうございます」

「こちらこそ、エルナさんの顔が見られて嬉しいわ」

　ソフィアがふんわりと微笑んでくれる。ストロベリーブロンドの髪と翠玉石色《エメラルド》の瞳をした王妃は、初めて会ったときと変わらず、雅《みやび》やかで美しい。

　ソフィアは隣国エルドラーンの第二王女で、マルクスと密かに恋仲にあったが、両国間が緊迫した情勢に陥ったために一時引き離される運命にあった。

　その後、国が平和を取り戻し、ベルシュタインの新国王としてマルクスが戴冠《たいかん》式を迎えた暁に、二人はようやく正式に婚姻を交わすことができたのだ。

その際、両国間に一つの歴史が刻まれる。先々代の時代より望まれてきた友好条約がついに結ばれることとなったのだ。

即ち、マルクスとソフィアの二人が仲良くしていられることは国同士の和平の象徴でもある。

こうして幸せそうにしている国王夫妻の様子を見ると、エルナまで嬉しい気持ちでいっぱいだった。

「ささやかですけれど、ちょっとしたお茶会を開こうと思いますの」

「まあ。ありがとう。楽しみですわ」

ソフィアが声を弾ませる。エルナもつられたように微笑んだ。

さっそく邸の広間に国王夫妻を通すと、既にメイドたちが待機しており、おいしそうなお菓子とお茶がすぐにも提供できるようになっていた。

開放された窓の外では、早咲きの美しい薔薇が目を癒してくれ、甘い香りを届けてくれる。

マホガニー素材のテーブルと四脚の椅子はそれぞれ艶やかに磨かれ、青の花模様が入った白い食器セットは、果実たっぷり乗せられたチェリーパイやレーズンを挟んだバターサンドといったお菓子を、よりいっそうおいしそうに引き立ててくれた。

これなら喜んでくれるはずだわ、とエルナはホッとする
まずはメイドに紅茶を注いでもらい、三人はそれぞれティーカップに口をつけることにする。

それから幾つかお菓子を堪能したあとで、マルクスがそれでね、と話を切り出した。

「実は、君に頼みがあって来たんだ。エルナ」

マルクスはそう言い、ソフィアを一瞥《いちべつ》した。

ソフィアはというと、ほんのり気恥ずかしそうに頬を染めつつ、手元を休める。

エルナもつられてティーカップをソーサーに戻した。

「何でしょうか？」

エルナは話が見えなくて首を傾げる。

「少しの間でいいんだ。二、三ヶ月、ランドルフとニーナと親子三人一緒に、王宮で暮らしてくれないか？」

「え？　私たちが……王宮に？」

驚きのあまり、エルナは鸚鵡《おうむ》返しをしてしまう。

「ああ。もちろん世話係として乳母のヒュルグナー伯爵夫人も一緒に連れてくるといい。君たち夫婦の部屋はもちろん侍女とニーナの部屋もちゃんと用意するつもりだよ。実は、とってきのいい部屋があるんだ」

マルクスはさも決定したかのように話を進めようとする。

「あの、待ってください。もちろん私にできることがあれば力になりたいと思うのですが、邸の者が心配をしますので、なぜ王宮に暮らす必要があるのか、まずは理由を聞かせていただけませんか?」

「ごめん。回りくどい誘い方をするのは僕の悪いクセだね。よくランドルフにも文句を言われるよ」

マルクスはそう笑って、話を続けた。

「王政がようやく落ち着いてきたし、そろそろ僕たちも子が欲しいって思っている。世継ぎとなる子をもうけることは王としての務めでもあるしね。ただ、こればかりは授かりものだからなんともいえないんだが。その前に、子と触れ合う機会が欲しいんだ。王宮には幼い者がいないからね」

なるほど、とエルナは納得する。

「そこで、ソフィアがエルナをお手本にして勉強させてもらったらどうかと言いだしたんだ」

マルクスに同調するように、ソフィアが「ぜひ」と頷いた。

「でも、私がお手本なんて。そんな……恐れ多いです」

「君たちは似ているから、通じるところがあるかなと思っているんだ」

マルクスは時々、エルナとソフィアは似ていると言うことがある。

でも、エルナは申し訳ないと思ってしまう。なぜなら、マルクスが似ていると指摘する部分は、人見知りで恥ずかしがり屋で赤面症で、男性をあまり知らないというところだからだ。

　思わずエルナはソフィアと顔を見合わせ、照れてしまった。

「手紙にも書いたけど、エルナは偉いねってソフィアと二人で話をしていたんだ」

　マルクスは穏やかに微笑み、ソフィアに話を振る。すると、ソフィアも嫣然《えんぜん》と頷いた。

「エルナさん、私は王妃として陛下をお支えするために公務を第一に考えなくてはならない立場です。けれど……エルナさんみたいに、すべてを乳母に任せっきりにするのではなくて、陛下と私の間に生まれてきてくれた子と接していきたいと思っているの。ベルンシュタインは王位継承のことで色々あったでしょう？　だから、歴史を繰り返さないように、子の気持ちを理解できる母でありたいと考えているのよ」

　二人の話を聞いて、ようやくエルナは彼らの意図が理解できた。

　急なことで戸惑いはあるけれど、自分が力になれることがあるのなら協力したいとエルナは思う。なぜなら、マルクスはいつだってエルナとランドルフのことを気にかけてくれた。二人の今があるのは彼のおかげといっても過言ではないのだ。それなら、恩返しをするとしたら今なのではないだろうか。

　王宮に暮らすことになったら、周りの者たちに気を遣うことが多くあるかもしれないが、子育ての件なら乳母が一緒について行ってくれるなら問題ないし、ランドルフにしてみれば、詰め所の団長部屋に寝泊まりしたり邸から王宮に通ったりするより遥かに楽になるはずだ。けっして条件は悪くない。

何より国王夫妻の頼みとなれば、おいそれと断るわけにはいかないだろう。

「このお話、主人はもう知っているのですよね？」

エルナ一人では判断しかねると思い、問いかけたのだが。

「いや、まだ小さいニーナのこともあるし、まずは、エルナの了解を得てからと思って来たんだよ。どうかな？」

マルクスに逆に尋ねられ、ランドルフだったらどう判断するだろうと、エルナは一瞬考え込む。

君主の忠実な騎士である彼なら、きっと受け入れるはずだ。

「私でお力になれるなら。喜んで」

エルナが返事をした途端、マルクスとソフィアの表情にぱっと花が咲いた。

「ありがとう。エルナ。きっとそう言ってくれると思っていたよ」

「エルナさん、ありがとう。あなたたちが王宮に来てくれること、心から歓迎するわ」

ソフィアにぎゅうっと手を握られて、エルナは照れてしまう。

何もしていないうちから国王夫妻に感謝をされると、なんだかいたたまれない。期待に応えられるよう努めなくては。そんなふうに身が引き締まる想いだ。

さっそく今後の話を相談されるかと構えていたのだが。

「エルナ、さっそくで悪いんだけれど、今からニーナを乳母のヒュルグナー伯爵夫人に任せてもらっていいかな？　それで彼女にはニーナと一緒に我々と先に王宮に来てもらおうと思うんだ」

「えっ。今から、ですか？」

突然のマルクスの提案に、エルナは驚き、戸惑う。

そんなエルナをよそに、もう決定事項といわんばかりにマルクスは頷いた。

「ランドルフとエルナは邸の者と今後の相談をする必要があるだろう？　もし使用人たちが邸の手入れの他に仕事がなくなって困るようであれば王宮で預かってもいい。人手は多い方が助かるからね。それで、諸々《もろもろ》の準備が整ったら連絡を入れてくれるかい？　こちらから馬車を手配しよう。その間、心配なことがあれば遠慮なく使いをよこせばいい。こちらも真摯に対応させてもらうよ」

たしかに順序としては間違いではない。荷物を運ぶにしても、臣下たちの待遇にしても、考えなくてはならないことだし、その間、どうしてもニーナのことは乳母に代わってもらわなくてはならないだろう。それなら、先に預かってもらっていた方がいい。

しかしエルナはニーナの顔を思い浮かべ、だんだんと寂しくなってきてしまった。今だって乳母に手伝ってもらっているけれど、生まれてから九ヶ月の間、片時も離れたことがなかったのだ。

「わかりました。ですが、陛下……」

「君の兄上でおられるクライナー伯爵も今日は外交の会議に出ているはずだから、戻ったら、私から事情を伝えておこう」

「えっと、あ、あの……お兄様が？」

「ああ。ニーナの顔を見たがっていたから、きっと協力してくれるよ」

マルクスがにこやかに提案してくれる。

それからもエルナは何度となく、マルクスとソフィアの話に割って入ろうとするのだが、マルクスがエルナを想って色々提案してくれ、側でソフィアがにこにこと笑顔で待っていてくれるのを見ると、どうしても断ることができなくなってしまった。

(どうしよう。突然こんなことになるなんて)

「決まりだ。頼むよ、エルナ」

にっこりとしたマルクスの微笑みを見てしまうと、今さらエルナも話をひっくり返すことはできず、わかりました……とだけ返事をするのだった。

国王夫妻の突然の来訪のあと、エルナはしばし魂が抜けたようになっていた。

(ほんとう、びっくりね)

ニーナと乳母のモニカは一足先に、国王夫妻の馬車に乗って王宮に向かってしまった。

ニーナの姿が見えないのは寂しくてたまらなかったけれど、乳母が一緒についていると思えば安心だし、兄にも話を通しておいてくれるということなのだから、心配することはないだろう。

そういい聞かせ、エルナは編みかけのミトンの続きに手をつけ、気を紛らわすことにする。

それからしばらく夢中で編んでいたら、いつの間にか部屋がうっすらと薄暗くなりはじめ、空はオレンジ色に染められていた。

(……できたわ！　うん、とっても可愛いと思うわ)

エルナは無事に仕上がったミトンに満足し、思わず頬を緩ませた。

できれば明日、王宮に出立するまでに仕上げたいと考えていたのだ。

ニーナに再会したら、手に填《は》めてあげたい。

早くランドルフが帰ってきてくれないだろうか。夫の顔を見て安心したい。彼の腕にきつく抱きしめてもらえたら、きっとホッとするはずだから。

そう考えてから、エルナはランドルフと過ごした日々をふと思い返した。

『仮』新婚生活をはじめたときの戸惑いの日々、本当の新婚生活を過ごした幸せの日々、そして娘が生まれてから今日までの満ちたりた日々。それぞれがどれも愛おしい。

改めて振り返ってみると、この頃ランドルフと二人きりの時間というものが、極端に減っていたように思う。キスをしたり抱きしめあったりすることはあった。けれど、それ以上の触れ合いをずっとしていなかったのだ。

そう思ったら、エルナは途端に焦りはじめた。

きっとランドルフはやさしいから、妊娠や出産が初めてだったエルナのことを尊重してくれて、今まで何も言わないでいてくれたに違いない。きっと我慢することだって多くあっただろう。

娘のことを考えるあまりに、ランドルフへの気遣いや、夫への愛情表現を疎《おろそ》かにしていたのではないだろうか

（私……ダメね。妻失格だわ。こんな状態で……グライムノア公爵夫人だなんて胸を張って言えるの？）

自分自身に失望し、途方に暮れていると、部屋をノックする音が鳴り響いた。

エルナはハッと我に返り、返事をする。

すると、シンシアが「失礼します」と声をかけて入ってきた。

「若奥様、暗くなってまいりましたから、編み物はそろそろお休みになられた方がよろしいですよ」

「え、ええ。今、ちょうどミトンが完成したところなの」

「まあ。とっても素敵ですね。旦那様がお帰りになりましたから、お見せになられてはいかがですか」

「ランドルフが帰ってきたのね……！」

「はい。只今、家令がお迎えしております」

「私もすぐに行くわ。顔が見たいの」

「まあ、若奥様ったら」

シンシアは微笑ましいといったふうに笑顔を浮かべる。しかし、エルナの胸は苦々しい焦りと不安で、押し潰されそうだった。

すぐに玄関に向かったエルナは、家令と共にいたランドルフのもとへ急いだ。

「お帰りなさい」

エルナが出迎えると、ランドルフが驚いた顔をして、それからやさしく微笑んでくれた。

「ただいま。エルナ。出迎えてくれるなんて珍しいね。このところ君はニーナにつきっきりだったのに」

嬉しそうにしてくれるランドルフを見て、エルナは胸が締めつけられるように感じた。

新婚のときは、こうして出迎えることの方が普通だったのに。ランドルフが珍しいといって喜んでくれるほど、そんなにもないがしろにしていたことに気付かされ、落ち込んでしまう。

「エルナ、どうしたんだい？　元気がないようだ。どこか具合でも悪いのかい？」

ランドルフは心配そうに顔を覗き込んできて、エルナの頬をそっと包んでくれた。

変わらない夫のやさしさが嬉しくて、エルナはすぐにも甘えたい気持ちになる。

だが、まずは今日あったことをきちんと伝えねばなるまい。

「あの、実は、今日の午後、国王夫妻が揃っていらしたの」

ランドルフは眉根を寄せた。そして、何か閃《ひらめ》いたような顔をする。

「そういえば、陛下が手紙を使者に届けさせたと言っていたんだ」

「ええ。頂いたわ。陛下が相談したいことがあるから訪問させて欲しいっていう内容だったの。お招きしたあと、お茶会を開いたわ」

「そうだったのか。それで、相談というのは何だったんだい？」

「えっと、実は――」

エルナがマルクスとソフィアから聞いた話を詳しく伝えると、ランドルフは絶句してしまった。

「そういう……意味だったのか」

はぁ、とランドルフが大仰なくらいため息をつく。彼の精悍な表情に、疲労の色が浮かぶ。

「あなたは何も聞かされていなかったのね？」

「ああ。ぼんやりとしたことしか、ね。陛下はまだ王子殿下であったときから、そういう節がおありだ」

ランドルフはそう言い、項垂《うなだ》れている。またマルクスとの間に何かあったのだろうか。

思えば、マルクスは王位を継承する前、花嫁候補にエルナを指名したいと言い出したり、舞踏会でダンスを申し込んできたり、とにかくランドルフを挑発するような行動をよくしていたのだった。

それがきっかけでランドルフが黙っていられなくなったというのもあり、直接的ではないにしろ、マルクスのおかげでランドルフとエルナが無事に夫婦になれたのも事実だ。

それゆえ、その後もマルクスは何かと気にかけてくれている。

あるときは、妹のイレーネ王女と共に奇策を考え、媚薬入りのチョコのお菓子をエルナによこし、またあるときは、最新のネグリジェをプレゼントしたいと言ってエルナを呼び出し、新婚の二人に刺激を与えるような計らいをしてくれていたのだ。

嬉しいご褒美ではあるが、一部はた迷惑でもあると、ランドルフは常に頭を悩ませていたようなのだが。

今日のランドルフは説明するのも億劫《おっくう》になるくらい、してやられたのかもしれない。エルナには詳細を教えてくれなかった。

「とにかく、食事の前に少し君と話がしたい。まずは着替えることにしよう」

「ええ、わかったわ」

エルナは頷き、肩を抱いてくれたランドルフのことを見上げた。

相変わらず鍛えられた体躯は逞《たくま》しく、精悍な顔つきをした彼のきりっとした凛々しい眼差しも、すっと通った鼻梁《びりょう》も、薄く引き結ばれた唇も、格好良くて素敵だ。

艶やかな黒髪も、狼《おおかみ》みたいな襟足も、彼らしくて好きだ。

騎士団長としてだけではなく、グライムノア公爵としての品のある紳士な振る舞いも、素敵だと尊敬している。

そういえば、こうしてじっくり見つめる時間がほとんどなかったように思えた。

ほぼ衝動的に、エルナはランドルフの上衣をぎゅっと掴み、それから背伸びをして彼の首筋にキスをした。ほんとうは頬や唇にしたかったのだが、彼の身長が高いので届かなかったのだ。

「……っ……エルナ？」

ランドルフは瞠目《どうもく》し、言葉を失っているようである。

「あ、あの、私……」

エルナはあわあわと焦った。なんて言い訳をしたらいいだろう。顔がかぁっと熱くなる。キスなんてたくさんしてきた間柄なのに、それでも急に恥ずかしくなってきた。

ランドルフをちらりと見れば、ほんのり頬を染めている。きっとエルナの方も同じようになっているに違いない。

それからランドルフはエルナを見つめると、じれったそうに腕を引っ張ってきて、突然、目線が一緒になるように抱き上げた。

「きゃっ」

驚く間もなく、唇を重ねられ、照れていた思考が止まる。そして、じわりと胸に甘い気持ちがこみ上げてきた。

「ん……」

エルナはランドルフの頬を両手で包むようにして夫からのキスを受け入れ、そして求められるままに自分からも唇を啄《ついば》んだ。

「……大好きよ。ランドルフ」

想いを確かめ合うように、エルナは伝える。すると、ランドルフの瞳が甘く滲《にじ》んだ。

「ああ、私も君のことが、大好きだ。エルナ」

お互いに伝えあうと、自然と笑顔が溢れた。

(ああ、私、大切なことを忘れていたんだわ……こんなに大事なことだったのに)

「さあ、少しだけ寝室で待っていておいで。夕食の前に、私は着替えてくるから」

「ええ。待っているわ」

返事をすると、ランドルフはエルナをおろしてくれ、名残惜しそうにつむじにキスを落とした。

「では、あとでね」

そう言って、書斎に向かうランドルフの広い背を眺めながら、エルナはドキドキと高鳴る胸をそっと押さえる。久方ぶりに感じたときめきに、身体がどんどん熱くなってくる。そして再確認させられる。彼が誰より愛しい夫なのだと。

寝室で待つこと十五分くらいだろうか。ランドルフは仕事のあとの汗を流したのだろう。髪が少し濡れたまま、白いシャツが肌蹴ており、胸板が見えている麗容な姿で現れ、またエルナをドキドキさせた。

「待たせたね、エルナ」

「う、ううん」

エルナがベッドにちょこんと腰かけていると、ランドルフも隣に腰を下ろした。

「まさか、こんなことになるとは思っていなかったよ」

ランドルフはため息をつき、申し訳なさそうにエルナを見る。

「君は承諾してよかったのかい？　ニーナと離れることになって、心配じゃないかい？」

「それはもちろん心配だし、不安だし、寂しいけれど、乳母が一緒についているんだもの。考えてみたら、ブラウゼル家に生まれた私だってそうして幼い頃は過ごしてきたのよ。それに出仕中のお兄様にも話を通して下さるということだったし……明日になれば会えるもの」

「エルナ……君には、心労をかけるね」

ランドルフがなだめるようにエルナの髪にそっと触れる。きっと彼こそが心を痛めているのだと思う。エルナがどれほどニーナとの時間を大切にしていたか、誰より知っているのだから。

そして、そんな彼のことを誰より大切にしてあげなくてはいけないのが、妻の自分だったのに。どうしてもっと夫のことを気にかけてあげられなかったのだろう。

エルナはランドルフの手の上に自分の手を重ね、さっきからずっと胸に迫ってきている想いを、素直に伝えることにする。

「私、たまにはあなたと二人きりで一緒にいられる時間も大切にしたいって思うの」

心からそう告げると、ランドルフの手に力が入った。彼は驚いたような顔をして、エルナを見た。

「もしかして、陛下から何か言われたのかい？」

「ううん。そうじゃないけれど……ひとりになって考えて、ランドルフのことをお迎えして、思い出したの。こういう気持ち」

「エルナ……」

ランドルフの濃い茶色の瞳《スモーキークォーツ》が、熱っぽくゆらゆらと揺れる。

エルナはランドルフの手から彼の熱い体温を感じながら、彼をまっすぐに見つめた。

「ごめんなさい。私、ニーナのことばかりで、あなたのことちゃんと考えていてあげられなかったわ。いつだって、ランドルフは私のことを一番に考えてくれているのに」

しゅんとしてエルナが謝ると、ランドルフはふっとやさしい笑みを瞳に灯す。

「……いいんだよ。君は一生懸命なところが素敵なんだから。それに、私だって任務を優先しなくてはならないことがある。そのことで、君にはいつも苦労をかけているじゃないか。お互い様だよ」

「でも、ランドルフはそれでも忘れないわ。いつだって私を大切にしてくれているもの」

「エルナ……」

「お願い。すぐに、私を許したりしないで。間違っている私のことをちゃんと叱って。今までみたいに……あの、『仮』の新婚生活のときみたいに、すれ違ったままじゃなくて、お互いの気持ちをちゃんと尊重していきたいの」

エルナはそう言いながら、自分の今までの頽落《たいらく》を猛反省した。ニーナのことがあったって、夫のことを大切にしてあげることはできる。不慣れだからとか忙しいというのは、独りよがりの言い訳でしかないのだ。だって、彼は厳しい任務があっても、エルナのことを考えて命がけで助けてくれたこともある。今だって愛情を疎かにしていない。

そう考えたら、自分の不甲斐なさが浮き彫りになり、悲しくなってきた。

「……ありがとう。エルナ。私のことを一所懸命に考えてくれたんだね。その気持ちが何より嬉しいよ」

ランドルフはそう言い、エルナの手を引き寄せ、左薬指に填めてある指輪にキスをする。その指輪はお互いの愛を誓いあった大切な証だ。

それから、ランドルフはエルナを抱きしめ、その腕にぎゅっと力を込める。

エルナもまたランドルフの背に腕を回し、彼の逞しい胸に頬を埋めた。

「愛しているよ。エルナ」

「……私も、愛しているわ。ランドルフ……」

目を閉じて耳を澄ませば、ときめきの鼓動が鳴り響くのが伝わり合う。どちらともなく身体を離すと、愛おしげに見つめてくれるランドルフの瞳に捉えられ、彼の睫毛が伏せられていくのを合図に、エルナは目を瞑《つむ》った。程なくして唇に、熱い吐息と共にやわらかい感触が伝った。

「ん、……」

幾度となく啄まれるにつれ、官能的な水音と共に唇は艶やかに濡れていく。

「……は、……エルナ」

くちづけはだんだんと濃密になり、息継ぎすらままならなくなってくる。頭の芯がぼうっと痺れるみたいだった。

ランドルフの身体が熱い。唇や吐息から彼の愛情が伝わってくるようで、エルナは嬉しくてたまらなかった。

唇を抉《こ》じ開けるように舌が入ってきて、ぬるりと舌を撫でられ、エルナはびくりと身体を跳ねさせた。舌が絡まり合い、熱く濡れた舌が口腔を弄《いじ》る。

「……ん、んっ……ふ、ぁ……ん」

舌を執拗にくすぐられると、甘美な刺激にぞくぞくと背中が震えた。

唇を舐められ、ちゅっと音を立てながら続けられるキスに肌が粟立つ。

「ん……っ……ふ、……んん」

もっと溶けるほどキスがしたい。彼に激しく求められたい。そんな欲求が湧き出す泉のようにこみ上げてくるのを感じながら、エルナはランドルフの首に腕を回し、唇を自分からも求めた。

じきに酸素が足りなくなって、どちらともなく唇を離す。荒々しい息遣いが入り乱れて、どれほど夢中でくちづけをしていたかがわかる。それでも気がおさまらない様子で、ランドルフがエルナの耳朶《じだ》を食《は》み、首筋に唇を滑らせた。

「あっ……ん」

ぞくぞくっと甘美な震えが走り、思わずため息がこぼれた。

すると、両手を掴まれてぐいっと勢いよく押し倒され、エルナは軽い衝撃と共にすぐにも天を仰ぐことになった。

欲情した獣のような瞳を向けられ、鼓動がどくりと波打つ。重ねられた手にぐっと力がこもり、ランドルフの大きな身体がエルナに組み重なった。

「エルナ……」

やさしく名前を呼んでから、ランドルフがエルナの唇をやさしく吸う。

「ん、っ」

エルナはランドルフの身体の重みを感じながら、虹彩が見えるほどの至近距離で、彼を見つめた。

「ほんとう言うとね。君が足りなくて仕方なかった。我慢していたんだ。どうしようもなく君に触れたかったよ。ずっと……」

そう言い、ランドルフがエルナの首筋に顔を埋める。鼻先をこするように、そして唇を滑らせるようにして皮膚をちゅうっと吸われ、ぞくりと戦慄《わなな》いてしまう。

「あ、ん、ランドルフ……」

求めてくれる彼のことが愛しくて、胸がきゅっと締めつけられる。執拗に首筋を舐められ、くすぐったさに身を捩《よじ》ろうとするものの、立派な体躯に押さえつけられた状態ではどうすることもできない。

「かわいい声だね。エルナ……そういう君の声、久しぶりに聞けて嬉しいよ」

ランドルフの低く擦れた声が、エルナの鼓膜に滑りこみ、耳朶を濡らした。

「……は、……ぁん……」

エルナも久しぶりにランドルフの甘い声を聞いた気がする。どんな果実を頬張ったってきっと敵わない、官能的な甘さだ。

熱っぽく渇望《かつぼう》され、とろんと瞳が蕩《とろ》けてしまいそうなくらい、気持ちがいい。

エルナは息が上がってしまうのを止められない。そんなエルナを見下ろしながら、ランドルフは物憂げに睫毛を伏せた。

「君が欲しくて、君との繋がりを求めて……天使を授かって喜んでいたのに、勝手なことばかり言って、すまない」

そう言い、ランドルフがエルナの髪をやさしく撫でる。

エルナは即座にかぶりを振った。

「私だってランドルフのことが誰より大切だったのに、娘のことばっかり優先して、放っておいてばかりでごめんなさい」

「その分、今夜は久しぶりに君をたくさん……愛させて欲しい。いいかい？」

エルナが頷くと、ランドルフは嬉しそうに頬を緩ませ、やさしくキスをしてくれた。

互いの想いを通わせられた喜びに胸が震え、自然とエルナも頬が緩む。

振り返ってみれば、ランドルフの心からの笑顔を見たのは久しぶりだ。

それが嬉しくて、身体の中心がじんと熱くなった。

騎士団長として任務を立派にこなすランドルフの凛々しい姿がエルナはとても好きだ。

それと同じくらい、自分だけに見せてくれる彼の寛《くつろ》いだ姿も好きなのだ。

「あ……っ」

エルナの首筋にランドルフの唇が這わされていく。時々もどかしそうに皮膚を吸い上げ、キスの痕をあちこちにつけながら、エルナのドレスのリボンを丁寧にほどく。

ランドルフが上体を起こし、雄々しくシャツを脱ぎ去ると、筋骨隆々《きんこつりゅうりゅう》の鍛えられた彼の体躯があらわになり、ひと目見た瞬間、ドキッとする。

相変わらず引き締まった彼の身体には色香が漂い、目が離せないほど魅了されてしまう。

この力強い腕に抱かれると、エルナはドキドキするし、同時に安心もしていられるのだ。

唇を幾度となく重ねながら、ランドルフはエルナのドレスを脱がせていく。シュミーズを、下穿きを、それぞれゆっくり脱がせながらも、彼の手が急ぎたがっているのがエルナにはわかった。

それが、どうしようもなく愛しくて、まだキスしかされていないのに身体の中心が潤《うる》んでしまう。もしかしたら焦らされているのは、エルナの方かもしれなかった。

「はぁ……っ……ん」

「……エルナ、君の肌……きれいだ」

「んっ……」

お互いの呼吸が乱れ、それがますます興奮を高め、もどかしさを募らせる。

ようやく互いに一糸まとわぬ姿になり、再び身体が組み重なると、ランドルフの体温が、すぐに汗ばんでしまいそうなほど熱くて、エルナは驚いてしまう。

あらわになった乳房をランドルフの武骨な手におさめられ、つい熱いため息をこぼすと、囁くように彼は窺ってきた。

「胸、あまり触らない方がいいかい？」

「平気、よ」

大切に触れてくれるところから、ランドルフの愛を感じられて、身体が燃えるように熱くなる。

「ここへキスをしてもいい？」

「ん、いい……わ」

胸の頂を唇に挟み込まれ、丁寧にしゃぶられると、ぞくぞくしてたまらなかった。

「……は、……あ、ん、……」

「辛かったら……言ってくれて構わないよ」

エルナは首を横に振る。辛いのではない。感じすぎて、切ないため息がこぼれるのだ。

やさしく胸を交互に揉みあげつつ、先端を擦るように、ランドルフの唇が吸いついてくる。

熱い吐息がかかるのも、濡れた舌が這わされるのも、あまりに気持ちよすぎて声が漏れてしまう。

「あ、あっ……きもち、……いいの」

甘美な愉悦に苛《さいな》まれ、エルナの眦《まなじり》には涙がこみ上げてきてしまう。うずうずと腰を揺らして、なんとか疼く熱をごまかす。でも、秘めた奥がじんじんと膨れあがってきて、興奮が止められない。

どこもかしこもが敏感になっている気がするのは、愛しい夫に久しぶりに触れられたからだろうか。

「……あ、ん、あっ……ランドルフ……」

ビクン、ビクン、と身体を揺らしながら、胸を舐められる快感に身悶えていると、内腿につうっと伝うものを感じ、エルナは視線を下へ伸ばした。

ランドルフの長い指先が浅い繁みをかきわけ、秘所へと這わされていくのが見える。

ぬるりと硬い指に触れられ、エルナは思わず喉を逸らした。

「つふ、あぁんっ」

「君はもう……こんなに……私のことが、欲しくなったんだね」

ランドルフの歓喜とも、驚嘆ともとれる息遣いがこぼれる。そう、そこはもうぐっしょりと濡れていて、ぴちゃぴちゃと淫靡《いんび》な水音が弾くようになっていた。

「すごい濡れているよ」

ランドルフがその泉の在処を探るように指を滑らせ、その先端でひくんひくんと痙攣する花芯をそっと転がした。濡れた蜜にまぶして左右に擦られ、ふってわいた鋭利《えいり》な刺激に堪えられず、エルナは弓のように背を仰け反らせる。

「あぁっ……!」

エルナが身体をしならせた隙に、ランドルフの指が蜜口にゆっくりと入ってくる。ぬちゅりと媚壁を押し開かれ、ぽたぽたと愛液が滴《したた》った。さらに中に押しすすめ、そこから抜き差しをはじめられると、ぐちゅ、ぐちゅっと、淫猥《いんわい》な水音が響きわたる。

「あっんん……はぁっ……あっ」

ランドルフは指の動きをそのままに、胸の先端に吸いついてくる。

果汁を貪るように舐めしゃぶられ、同時に中を捏ねくられて、目の前が明滅した。

「ふ、あっ……あっ……やぁっ……そんな、しちゃ……だめっ!」

腰を揺らしてエルナは抵抗する。そんなふうに愛撫されたら、あまりに感じすぎておかしくなりそうだったのだ。

「感じてくれているんだね。君のここは、これだけじゃ物足りないみたいだ。じゃあ、こうしたら、どうかな?」

ぬぷりと蜜壁を押し開かれ、ひくりと入り口が震える。

「ほら、のみこんでいく」

ランドルフの指が二本に増やされたのだろうか。急に圧迫感が下腹部を襲った。

「あぁっ……っ」

ねとねとと絡みつく中を縦横無尽に探られ、臀部《でんぶ》がビクンと戦慄く。

「あ、あん、それ、……やっ……ランドル、フっ……」

「どうして？　こうされると、辛いのかい？」

エルナはどうしたらいいかわからなくて、首を横に振ってしまった。頷けばきっとやめてくれたのに。でも、そうじゃないことは、ランドルフもわかっているのだろう。

「ふ、あ、ぁっ……だって、きもち、よくて……いっぱい……溢れちゃうのっ」

言っている側からじわりと蜜液が溢れる。ランドルフの指に捏ねられて、ぬちゅぐちゅと卑猥な音が響きわたる。さらに胸の突起を甘噛みされて、喉の奥がひくんと締まった。

「あっ……あんんっ……だめ、ちぎれ、ちゃうっ……」

「ん、ちぎったりしないよ。君の方こそ、私の指を食い締めるように、絡みついてくる。胸の先も、興奮してかちかちになってる。同時に弄られるの、好きだったろう？　エルナ」

「あ、あん……言わないで」

「かわいい、エルナ……もっと感じて」

ちゅうっと先端を吸われて、さらに指の挿入までも深くされてしまう。気持ちのいい場所を探るようにぐるりと中をなぞられると、突然のように甘美な波がざわりと押し寄せてきた。

「や、ああっ……そこ、やっ……」

「わかった。ここがイイんだね。してあげるよ」

心得たといわんばかりに、ランドルフの二本の指がそこを執拗に擦り上げる。

「あ、あっ……だめっ……」

激しい尿意にも似た鋭利な快感に苛まれ、さらに花芯を別の指にぐりっと擦られた瞬間、ぶるぶると身体が震え、頭の中が真っ白に染まりかけた。

「ああっ……ああっ……だめぇっ」

顎を突き上げるようにして仰け反り、エルナが迫りくる絶頂感を必死にこらえていると、ランドルフはもどかしげにエルナの膝の裏をぐいっと押し広げた。

「ああ、すごい、こんなに濡らして……もう、真っ赤だよ」

「やぁ、言わない、で……恥ずかしいのっ……」

ぬぷっと指を引き抜かれた刹那、中が彼を恋しがるようにひくんひくんと蠢《うごめ》き、蜜をとめどなく滴らせる。もうお尻まで濡れるほどリネンがぐっしょりと湿っていた。

「こんな状態では、限界だろう？　私も一緒だよ」

「ん、はぁ、……ランドルフ……」

ランドルフの下肢の方を見ると、彼の屹立《きつりつ》は赤々とはちきれんばかりに怒張をたたえて天を仰いでいた。彼はそれを自分の手におさめると、エルナの濡れた秘裂に滑り込ませた。

「きゃ、あっ……」

指とはくらべものにならない逞しい男の先端が、窪んだ蜜口にいきなり埋め込まれようとしていた。

「ごめん。エルナ……君を一度、先に達かせたかったけど、もうかわいすぎて、我慢ができない」

ランドフルの逞しい昂《たかぶ》りが狙いを定めてぐぐっと強引に押し入ってくる。

「あ、ああっ……」

濡れた蜜壁を押し広げられ、みしっとした圧迫感に息が詰まった。中は夫の子を孕んだことがあるとは思えないほど狭く、すぐには進まない。

しかし濡れた襞が絡みつき、男根を阻《はば》むことなく、受け入れていく。

「あ、あぁ……っ！」

エルナは身体を仰け反らせて、すべてを受け入れる。

「くっ……はぁ、……」

ランドルフが苦しそうにする。逞しいのは彼の体つきだけではない。彼と繋がり合っているこの剛直も立派な質量があるのだ。

「久しぶりの君の中が……熱い」

ランドルフがゆっくりと入ってくるのが伝わってくる。膨れ上がった刀身のすべてがおさめられると、中がじんじんと熱を持って彼を包み込むのがわかった。

「はっ……エルナ……」

ランドルフが最奥までぐんっと貫くように収め、エルナの側に覆いかぶさってきた。そして両手をそれぞれ握ると、唇をそっと重ねてきた。

「ん……っ……」

角度を変えて、鼻が擦れ合う。上唇を吸い、下唇を舐めあげ、吐息がこぼれてしまうと、口腔へと舌を忍ばせ、エルナの濡れた舌を絡ませてきた。

「ん、……んぅ……！」

ねっとりと執拗に舌を絡めながら、手のひらで乳房を甘やかし、さらに腰をゆさゆさと動かしはじめる。挿送がはじまって、ベッドがぎしぎしと軋みはじめる。くっついたり離れたりするたびに、膨れあがった花芯が結合場所に擦れて、それもまた感じてしまう。

だんだんと中がスムーズに動かせるようになってきて、ランドルフは抜き差しの幅を広げ、先端まで引き抜いたかとおもいきや、根元までたっぷりとおさめ味わうように突きあげた。

甘美な愉悦に腰がとろけそうになり、エルナはキスしていた唇を離してしまう。ランドルフはエルナの腰を掴み直し、ずんずんっと立て続けに剛直を突き上げる。

「ふ、ああっ……あんっ……」

中をたっぷり擦られながら奥を穿《うが》たれると、たちまち甘い痺れが臀部に走り、頭の芯まで痺れそうになる。

ため息のような甘い喘《あえ》ぎ声は、やがて嬌声へと変わっていき、そればかりか、あまりの愉悦にエルナは自分から腰を動かしてしまっていた。

「あ、あん、……ランドルフ……っ」

「きもちいい？　もっとして欲しいなら、言ってごらん。私は素直な君が好きなんだ」

「ん、はぁ、……あっ……もっと、はぁ……して、欲しいの」

「もっと……？　こうかい？」

エルナが求めれば、ランドルフの熱はさらに膨らみ、縦横無尽に腰を押しまわしながら、ねっとりと蜜壁を蕩けさせるように求めてくる。

「あっあっ……深いっ……あっあぁ」

「中をこするだけじゃなく……ここも一緒に、可愛がってあげよう」

さらに赤い真珠のように膨れあがった花芯をめくるように指で転がされ、外と中の快楽が同時にどっと波のように押し寄せてきた。

「ああああ、っ……！」

ぎゅうっと喰い締めるようにランドルフをのみ込むと、彼は切なそうに息を詰まらせ、エルナの感じるそこを指でたっぷりと広げはじめた。

「は、んんっ……ダメ、熱いのっ……きちゃう……わ」

「いいよ。イって。君のきもちよさそうにイく顔が……見たいんだから」

花芯を弄りながら、腰の動きをやめないで、ランドルフはぬちゅぬちゅと掻きまわすように、緩い律動を続ける。

恥ずかしいのに、甘い許しを得た身体は、その通りに登りつめたがる。

止めようとしても、もう遅かった。頭の芯が白に侵食されていく。

「あ、あっ……んんっ……はぁ、……ふあぁっ！」

ビクン、ビクンっと軽く達してしまうと、ランドルフはエルナの涙に濡れた眦にキスを落とし、それから膝を持ち上げるようにして、熱杭をたっぷりと奥におさめる角度へと引き寄せる。

「イったんだね。エルナ……かわいいよ」

「はぁ、……あっ……ん、ランドルフ……」

お尻ごと掴んで、より深くまでおさめるように、ランドルフは腰を動かしはじめた。

「君のことを抱きたかった。こうして君を……熱く、激しく……」

猛々しく熱をもった楔《くさび》が容赦なく突き入れられ、擦りつけられる度、エルナの下腹部が燃えるように熱くなっていく。さらに激しく揺さぶられ、蜜がはしたなく吹きこぼれていく。

「あんっ……あっ……あぁっ……」

とろけきった愛蜜はとめどなく溢れ、ランドルフの内腿まで濡らしてしまっていた。

「擦られるのと、奥を突かれるの、君は……どっちがいい？」

「や、んん、あっ……あぁっ……わからなっ……い……ああっ」

「なら、どっちも同じだけ、してあげるよ」

やさしい抜き差しをゆったりと続けられると、激しい焦燥《しょうそう》のような切なさがこみ上げ、エルナは涙をこぼしてしまう。

「焦らしちゃ、やぁっ」

すると、望んだとおりに根元まで挿入され、奥でぐちゅぐちゅと掻きまわされる。

「ふ、あああっ……」

「今度はこっちだね」

臀部をぱちんぱちんと打ちあうように激しく、さらに、ずんずんっと立て続けに突きあげられ、エルナは思わず喉を逸らした。

「ああぁっ！」

さっきから小刻みにのぼりつめては、頭が真っ白になりそうになり、その満たされた愉悦の虜になってしまっていた。

「ふ、ああん、あっ……あぁっ……」

乳房が上下に揺れ、先端から甘い蜜が滴った。

いつもなら赤子に飲ませる神聖な場所なはずなのに、夫に愛される今は、とてもいやらしく見える。

「甘い蜜だね。ここからも……出るんだね。エルナ……」

ランドルフの唇が首筋を滑り、無骨な両手で揉み上げると、そこを丁寧に啜った。

ちゅうっと吸われると、今度は中がじわりと潤んでいく。

「んっぅ……はぁっ……あんっ」

胸を舐められ、花芯をくすぐられ、最奥をごりごりと擦られ、快楽を享受しつくした身体はどんな刺激にも敏感に感じてしまうようになった。

「今だけは……私に君を独占させてくれ」

彼の雄々しい先端に擦りつけられ、何度も何度も奥に穿たれ、頭の芯が痺れてきてしまう。

挿送の度に、ランドルフの想いそのものがぶつけられているみたいだ。

自分をこんなにも求めてくれる夫のことが愛しくて、エルナはランドルフの広い背にしがみつき、唇を求める。

「ん……んん」

「は、……エルナっ……もう、どうして君は、そんなに可愛んだ」

ランドルフの腰の動きがどんどん速くなっていく。

「あああ、んっ……はぁ、はぁっ……」

「君が、愛しくて、たまらなくて……何度も、こうして擦って、突きあげたいよ」

突きあげられる間隔が短くなっていき、何も考えられなくなってきていた。

「あ、あ、あっ……ランドルフっ……私、もうっ…………！」

「いいよ。今度こそ、イく顔を見せて。私も……君と一緒にっ」

「あぁぁっ……ランドルフっ……あぁっ……好きっ……愛してるっ」

無我夢中でエルナはランドルフにしがみつく。

「エルナ、くっ……好きだ。愛してるっ……」

ランドルフの背がぶるりと震える。切羽詰まったように打ち付けられ、ごぷりと熱い奔流《ほんりゅう》が走った。それがさらに甘美な刺激となって、エルナを絶頂へといざなう。

「あああ――っ！」

ビクンビクン、と身体が痙攣をして、甘い愉悦に揺蕩《たゆた》う。繋がりあったままのランドルフの熱が治まりつかないみたいに、ドクドクと激しい脈動を打っているのが伝わってくる。

いっぱいで飲み込めなかった体液が、じわりと結合部分を濡らして、お尻の方まで垂れてくる。

「……はぁ、……はっ……はぁ……」

全身が神経になってしまったみたいに痺れ、少しでも動いたらまた極めてしまいそうなほど敏感になっている。

くったりと手折られた花のように動けないでいると、ランドルフが倒れ込むようにしてエルナに覆いかぶさり、キスをしてきた。

「やっと、はっ……君を……やっと、抱けた」

ゆっくりと息を整えながら、ランドルフが頬を摺《す》り寄せてくる。

重なりあっている胸から激しい心臓の音が伝わってくる。あれだけ激しい行為をしたのだから、すぐには治まりそうにない。

互いの呼吸が治まり、規則正しい鼓動に変わりゆくまで、エルナは汗ばんだ肌を預けた。夫に愛される悦《よろこ》びを感じ、至福のときに目を瞑る。

ともすれば、そのまま、すうっと睡魔に誘われそうなところだったが、夫がそうさせてはくれなかった。

なぜなら、ランドルフは、目を瞑っているエルナの瞼にキスをしたり、耳朶を食んでみたり、首筋を舐めてみたり、といったふうにキスの嵐を注ぐのだ。

「ん、くすぐったいわ」

ようやく元の感覚に身体が戻ったらしく、ランドルフの肌に触れる吐息や唇の感触がくすぐったくて笑ってしまう。

「もう、いつものあなたじゃないみたい。落ち着きないわ」

「君が可愛くて、どうしたらいいか……わからないんだ」

そんなふうに言って、大型犬のようにじゃれつくランドルフを愛しく思っていると、下腹部のあたりで彼の熱塊がゆっくりとたちあがっていくのを感じた。

「ああ、このままでは無理だ。箍《たが》が外れたらもう……君のことが欲しくて、我慢できそうにない」

「え、あっ……ランドルフ。待ってて……」

「待たない。もう一度、今度は後ろから、君を愛させて……」

四つん這いにさせられ、ランドルフが濡れた蜜口に猛った剛直をいきなり押し込んだ。

「あっんっ……そんなっ」

急にいっぱいに満たされた中がきゅんきゅんと締めつけていくのが自分でもわかる。

「くっ……中が蠢いてる。熱くて、たまらない」

ランドルフはエルナの腰を掴み、剛直をいったん引き抜くと、また最奥へと突き入れ、それから間髪入れずに、腰を揺さぶりはじめる。

「は、あっ……あん……あっ……だめ」

「どうしてだめ？　いいんだろう？」

「だって、深いところ、んん、すごく、いいの……よすぎてっ…あっあぁ……！」

何度も、何度も、杭を打つかのように、熱い楔に穿たれて、お腹の奥が蕩けてしまいそうなくらい気持ちよくなってくる。あれほどたくさん感じてのぼりつめたばかりなのに、新たな火種をそこにつけられたみたいだ。どんどん熱を帯びてきてしまう。

ランドルフの武骨な手が、エルナの揺れる乳房を両手で揉みあげ、その間も剛直の挿送をやめない。ずんずんっと突きあげられる動きに合わせて、エルナは身悶えて背を弓なりに反らす。

「あ、あっ……だって、そんな、されたらっ……おかしくなっちゃう……」

リネンをぎゅっと握りしめ、膝をがくがくとさせながらランドルフの情熱を受けとめていると、背中に覆いかぶさるようにランドルフが倒れ込んできて、うなじを舐めたり、耳朶を食んだりする。さらに胸の頂を指で弄り、もう片方の手が秘めた花芯を転がす。

気持ちのいいところすべてを押さえられ、身体の芯に快楽が爆発しそうな勢いで集まってくる。

「ん、ふ、あぁっ……やっ……んんっ……またイっちゃうっ……からっ………ああっ」

ぬちゅ、ぐちゅ、と先端で掻きまわしながら、ランドルフは愛撫する手を休めない。

「いいよ。もっと、私のことを感じて欲しい。たくさん……愛し合おう」

ランドルフに火がついてしまうと、まるで狼に変身してしまったかのようになってしまうのだ。そしてエルナもまた、夫に愛される悦びに満たされて、愛し合う行為に没頭してしまう。

「……はっ……くっ……どれだけしても足りないんだ。二年分だよ、エルナ……わかるね？」

「は、はっ……ランドルフっ……ん、ああぁっ……」

エルナは、何度も押し寄せる絶頂感から逃れられない。

めくるめく甘い愉悦を極め、夫から愛される喜びでどうしようもなく身悶えてしまう。

達したあとも尚、快楽の波がいっこうに引かず、お互いにずっと気持ちのいいところに揺蕩っているみたいだ。そうしているうちに、抗う気などなくなり、だんだんと思考がとろけていってしまう。

もう、今夜は寝かせてもらえないことを覚悟するしかない。エルナもまたそう願っている自分に気付く。愛しい夫から絶え間なく求められることに至福の悦びを感じ、何度でも昇りつめてしまうのだ。

そうして二人は夕食の時間も忘れ、久方ぶりに夜通し愛を確かめ合うのだった。

第2話 『仮』主従契約

明朝、ランドルフはエルナを馬に一緒に乗せ、任務がはじまる時間より前に城へと向かった。

二人が住んでいる邸は、元々グライムノア公爵の爵位と共に、国から名誉として授けられた休暇用の別荘だったのが、結婚を機に二人の新居となったものだ。

邸は国の管轄《かんかつ》内にあり、城は目と鼻の先にある。城壁に守られた街道を時計まわりに迂回《うかい》するよう馬を進めれば、やがて荘厳なノーブル宮殿の姿が見えてくる。

途中、右手に広がる城下町から港町の方へ視線を伸ばせば、朝陽が水平線を割るように顔を出し、凪《な》いだ海を宝石のように輝かせながら、赤煉瓦《あかれんが》色の屋根や古い石畳の街を明るく染めていく様子が視界に映し出された。

「こうして宮殿の方から見える港の景色が、私はとても好きだわ」

エルナがそう言い、紺碧《こんぺき》の海に似たサファイアの瞳を煌《きら》めかせ、上品な口元を緩める。

「ああ、私もだ。朝、任務がはじまる前に、光が地上を照らしていくのを見ると、ベルンシュタインの平和を守らねばならないと、よりいっそう力が漲《みなぎ》るようだよ」

ランドルフは目を細めながらそう言い、大切な妻が落馬しないようにぎゅっと強く抱きしめた。

ベルンシュタイン王国は、ユーグラウス大陸における二千年の歴史の中で、幾度も合併と分裂を繰り返した国である。

大陸一の国土を誇る軍事国家と、文化都市として栄えた湾岸《わんがん》国家の特色が融合し、それぞれの利点が集まって発展してきた。

北は芸術や美術などの文化都市として、南は貿易が盛んな商業都市として栄え、いまや大陸一の経済国家として名高く、歴史を重ねてきた鈍色《にびいろ》の石畳の街並みは、いつ見ても美しい。

王都シュタルツの最北端にあるノーブル宮殿は、港へ続く城下町を見下ろすように広がり、王の権威を表す象徴として存在感を示している。

国内の平和は王立騎士団が部門をわけて領地ごとに管理し、王侯貴族をはじめ一般市民の生活を守っているのだ。

（平和な世の朝は美しいものだな……）

ランドルフは国を危機から護るために国境への遠征に就いたり、日常はもちろん公式の場の護衛をしたり、戦争などの脅威場面において主君を命に賭けて守ることを主な任務とする王立騎士団の第一団長である。

その責務を、ランドルフは朝が迎えるたびに胸に刻み込んできた。

国のために命を賭《と》して戦う、その覚悟は変わらないつもりだが、結婚してからは、少しずつ意識が変わってきていた。

愛しいエルナを悲しませたくはない。自分の手で幸せにしたい。

それが今のランドルフの生きる糧《かて》なのだ。

それから正門に到着すると、待ち構えていたかのように侍従のひとりが声をかけてきた。

「グライムノア公爵夫人、ようこそおいでくださいました。実は、陛下より伝言がございまして、ソフィア王妃殿下のところへお連れするようにとのことでしたので、閣下に代わって、これより私がご案内いたします」

「まぁ。わざわざ、私の為にありがとうございます」

エルナが丁寧に礼を伝えると、侍従はさあこちらへと先導する。

「では、エルナ、また後で会おう」

「ええ。お務め、いってらっしゃい」

笑顔で別れたあと、ランドルフはいったん厩番《うまやばん》に馬を任せ、エルナとは別口の外間から宮殿内に入った。

おそらくマルクスは執務室にいて、仕事をこなしながら、ランドルフが到着するのを待っているに違いない。

そんなことを考えながら宮殿内を歩いていると、回廊を曲がった先で、クライナー伯爵とばったり出会った。

「おや。グライムノア公爵閣下。公務中にお会いするのは、久方振りですね」

優男風のクライナー伯爵は、ハインツ・ローゼン・ダールベルク……エルナの兄である。

彼は外交官としての手腕を発揮しており、国王マルクスが頼りにしている重臣のひとりだ。

公務中はたしかに直接の接点はそうそうなく、マルクスの護衛についていればこそ会議の場で見かけることがあるくらいだ。

「クライナー伯爵。ご無沙汰しております」

ランドルフは恭しく挨拶をしながら、エルナから聞いた話を思い浮かべた。

そういえば、ハインツにも話を通しておいてくれるということだった。

「この度は、エルナのことで、色々とご迷惑をおかけしているようで申し訳ありません」

そう言い、ハインツは眉尻を下げた。

琥珀の月のような黄金色の髪からのぞく表情は、やはり兄妹なだけあって、エルナの困ったときの表情とよく似ていた。

「いえ。伯爵にまで時間を煩《わずら》わせてしまい、こちらこそ心苦しく思っていたところです」

「いやいや。私が妹を溺愛《できあい》していることは、閣下もよくご存知でしょう？　姪の顔を一緒にゆっくりと拝むことができて、幸せでしたよ」

ハインツはそう言い、整った甘い面立ちを更にやさしく緩ませた。

たしかに彼の言うとおり、ハインツはエルナをとても可愛がっており、ランドルフとの恋を応援してくれた人物だ。ランドルフにとっても頼りになる存在といえる。

「そのエルナですが、先ほど侍従の案内で、ソフィア王妃殿下の元へ参っております。おそらく、陛下が気を利かせてくれたのでしょう」

「その件なら、私も陛下から伺っていますよ。二人はしばらく王宮で暮らすことになるそうですね。何かお力になれることがあれば、お声がけください」

「ありがとうございます。伯爵。そのときはよろしくお願いします」

「ええ。では、また」

ランドルフはハインツを見送り、ふっとひと息ついた。

ああは言ったが、なるべく迷惑をかけないようにしなくてはなるまい。

妹想いの兄君であるから、エルナに関すること以外は気にしていない様子だが、マルクスは一体どんなふうに話をしていたことだろうか。

逸る気持ちを抑えつつマルクスの政務室の前に辿り着くと、ランドルフはさっそくドアをノックした。

「陛下、失礼します」

返事が戻ってくるのを待って、ランドルフはドアを開く。

「やあ、ランドルフ。待っていたよ。今、切り上げるところだ」

マルクスはそう言い、執務デスクから顔をあげた。

朝早くから書きものをしていたらしい。山積みの書類は山一つや二つどころではない。

眼鏡をかけた側近の男がそのうちの山の一つを回収し、チェックをしているようだった。凝った肩を押さえるようにして、マルクスがひと息つく。

「少し、ランドルフと二人にしてくれ」

マルクスが声をかけると、側近の男はかしこまりました、と言い、部屋から出ていく。

マルクスはその隙に書類の山を脇に追いやった。もううんざりといった表情である。

「昨日、さぼっていた分のツケでね。まあ、おかげで我が妃とブラウゼル公爵夫人と三人で、有意義な時間を過ごせたのだから、文句は言えないな」

意味ありげな視線を投げかけられ、ランドルフはどう反応すればいいやら狼狽《ろうばい》するばかり。意識すれば、夜通し愛し合った余韻が頭の中にふらりと巡ってきそうで、軽く頭を振る。

「まさか陛下がわざわざ私の邸にお越し下さるとは思いませんでした」

ランドルフはあたりさわりなく言った。

「その顔は、久しぶりに仲良く過ごせたようで何よりだね」

マルクスが愉しげに笑みを浮かべる。

昨晩のことを思い出すと、随分きまりわるい。ランドルフはじわりと耳まで熱くなるのを感じながら、咳ばらいをしてごまかし、やり過ごすことにする。

「それで、覚えているかい？　おまえに頼みたいことがあるといったね」

マルクスにそう言われて、ランドルフはすぐにエルナから聞いた話を思い浮かべた。

「しばらく我々に王宮に暮らすように……との命があったそうですが、確かでしょうか？」

「ああ、それもそうなんだけど、別にもうひとつあるんだ」

「もう一つ、ですか？」

ランドルフは眉根を寄せた。

常々、突拍子もないことを考えつく主なので、つい身構えてしまう。

すると「そんなに構えないでくれ」とマルクスは呆れたように笑った。

「このところアンゼルムと随分親しくしているようじゃないか」

思いがけない話題を振られ、ランドルフは肩透かしを食らった気分になる。

「それはもちろん、国王陛下をお支えになる王弟殿下なのですから」

「おまえのおかげで、あのプライドの高いツンツンした男も、少しは丸くなったような気がしないでもないよ」

「滅相もない話です」

ランドルフはアンゼルムと最初から親しかったわけではない。

二年程前までは、マルクスとアンゼルムの兄弟は昔から折り合いが悪く、かつて二人の王子は反対派閥の中心に在り、何かとぶつかり合っていた。

必然的にマルクスの近衛騎士として側についていたランドルフは、アンゼルムを目の敵にしないまでも要警戒すべき相手だった。

だが、王室が窮地に至った際、アンゼルムは自分の使命をもって世継ぎであるマルクスを守るべく動いた。城や王を守るマルクスに対して、アンゼルムは騎士団と共に自らの命を盾にして国のために活躍した男なのだ。

そのとき、ランドルフはアンゼルムの熱い想いに打たれた。兄弟はただいがみ合っていたわけではない。考え方の違いはあっても、国を導き、守る者として、目指すところは一緒だったのだと気付かされた。

その一件により、ランドルフは共に戦った男気のあるアンゼルムに一目置くようになり、アンゼルムもまたランドルフに信頼を寄せてくれるようになった。今では、たまに邸に顔を出すこともある仲だ。

「それでね、今後ランドルフにはアンゼルムの護衛について欲しいと思っているんだ」

「は——？」

ランドルフは耳を疑った。

長年、マルクスを主君としていたランドルフにとって衝撃の一言だった。

「アンゼルム殿下の護衛……ですか？　それはまた何ゆえに……」

まさか王宮内にまた不穏分子が現れたのではないかと、ランドルフは険しい表情を浮かべ、身を引き締める。一方、マルクスは臆することなく飄々と話を続けた。

「王位を継いだときに、考えていたことではあったんだ。どうしても外に動くことが多いのは弟の方だからね。まあ、差し当たって、護衛の件はおまえがエルナと一緒にこちらに暮らしている間でいい。これからアンゼルムの周りが色々と忙しくなりそうなんでね」

そう言い、マルクスが書類の一束を掴み、椅子から立ち上がった。

「エルナとおまえを王宮に暮らすように頼んだのも意味があるんだ。まあ、我々の子育ての見本になって、ニーナと触れ合う機会が欲しいというのは嘘ではないが、それは建前でね。実のところ一番の目的は、二人にとある仲介役になって欲しいと思っているんだよ」

「仲介役……とは？」

一向に話が見えないランドルフは困惑する。アンゼルムの護衛につくだけではなく、なんらかの仲介役になれという。主はまた何を企んでいるのだろうか。

ランドルフが頭を悩ませていると、マルクスは手に持っていた書類一式をランドルフの目の前に差し出した。

「まずは、見てみてくれ」

「これは……」

書類に目を落とすと、乱雑な字で『不承知』というサインが書かれてあった。

二枚目以降をめくってみれば、同じように書かれてあり……そのサインの主は、どれもアンゼルムのものだと気付く。

ふと、硬派な男のつんけんした表情が浮かんだ。

どんな内容が書かれているのか、ランドルフが視線を走らせようとしたときだった。

「いつだったか、花嫁探しの舞踏会を開いたことがあったのを覚えているかい？」

マルクスにそう言われて、ランドルフは顔を上げる。

「ええ。もちろんです」

花嫁探しのための舞踏会といえば、今から約二年以上も前に遡《さかのぼ》る。

派閥が真二つに割れていた頃、マルクスは王位継承者としての意思を表明するために、花嫁探しをする機会を設けるという名目で、舞踏会を度々開いていた。

そこで突然マルクスがエルナを花嫁候補にしようと言い出し、エルナに惚れていたランドルフが慌てふためいて立候補するといった一幕もあったのだが、まあそれは長い回想になってしまうのでさておき、マルクスが言おうとしていることが何なのか、ランドルフはようやく少しだが掴めてきた。

この書類は、アンゼルムの誕生日に、花嫁探しの舞踏会を開くというもの。だが、ことごとく返ってくる返事は『不承知』というわけだ。

「アンゼルム殿下にも同じように身を固めていただきたいが、本人には一向に将来の伴侶を決められる気がない……ということですね」

興味なさそうに「花嫁など要らん」とそっぽを向くアンゼルムの様子が、ランドルフには容易に想像がついた。

「そういうことだ」

と、マルクスはため息をつく。

兄の言うことを聞かないのであれば、アンゼルムが気を許す相手、つまりはランドルフとエルナにどうにかして欲しいということだろう。

「しかし、現状、そう急がれるようなこともないのでは？」

新国王のマルクスはまだ若い。それゆえ、力を持った臣下が手柄を立てようと火花を散らすことはあるようだが、政務は比較的落ち着いているようだ。それも、王と王弟が一枚岩になったからだろう。

民への安心感と信頼を得ているようだし、細かい市民同士のいざこざがあって警吏が動くことがあっても、かつて王立騎士団が暴徒で溢れた国境を鎮圧したときのような危機には見舞われていない。

無論、常に警戒は怠らないが、王政は安寧の時代を迎えているように思う。

「それがあるのだよ。ランドルフ。国王夫妻が一向に子を授からないことに、そろそろ周りの者たちが焦れてきている。そうなると王弟の方はどうなっているのかと矛先が向いてしまった。アンゼルム本人には妃を迎え入れる気がない。せっかく平和が訪れた矢先に、我々に何かあったら、また世継ぎ争いが起きるのではと、臣下が心配する気持ちもわからなくはないんだ」

ふむ、とランドルフは頷く。

「陛下のお気持ちはお察しします。ですが、子は授かりものと言いますし、もう少しだけ気長に待たれては？」

「待つ分には一向に構わない。だが、それ以前の問題なんだ」

「と言いますと？」

「我が妃ソフィアは、おまえの愛しのエルナと負けず劣らず奥手なのでね。なかなか子ができないのも、そもそも既成事実がないためだ」

マルクスがもどかしそうにため息をつく。

それは、ランドルフにとって意外すぎる話だった。

隣国エルドラーンから遥々嫁いできたソフィア王妃のことをマルクスはとても大事にしている。一時はベルンシュタインの敵国という立場になり、エルドラーンの王が反対をしたこともあった。それを乗り越えて二人は結ばれたのだ。

けっして彼女を諦めなかった男前のマルクスに、ソフィア王妃は心底惹かれている様子。

二年ほど前、二人が晴れて結婚してからというもの、国王夫妻はとても仲睦まじいと評判で、臣下はおろか民の支持もずいぶんと得ているようだ。

それを考えても、ランドルフとエルナが『仮』新婚生活を過ごしていたときのような妙なすれ違いはなさそうなのだが。

それに、堅物で不器用なランドルフと違って、マルクスは頭の切れる知略家であり、水面下で器用に根回しをできる男でもある。女性への接し方や心の掴み方も巧いのだから、ソフィアを相手にどうすることもできそうであるのに。

まさか、結婚してから二年もの間、既成事実がないとは。上には上がいるというものだ。

しばし、ランドルフは自分に置き換えて考えて、気が遠くなるような気分になった。

「ランドルフ？」

「はっ。失礼しました。不躾な質問になりますが、その、初夜の際は……どうされたので？」

「あぁ。くちづけだけで、気をやってしまったよ。ソフィアはね、ちゃんと最後まで結ばれたと思っているけど、事実じゃない」

マルクスがさらっと答える。

それは主が閨事《ねやごと》に長けていたからであって、果たして不慣れなソフィアの方だけに問題があるのだろうか、と素朴な疑問を抱く。

「王妃殿下は慎《つつ》ましい方なので、隣国から嫁がれてまだ緊張されているのでは？　僭越ながら、私の妻も……その、最初はどうすればいいのかわからず、戸惑っていたことがあったものです。ある晩は拒絶されたことも……ありましたから」

あれは苦々しいできごとだった。

枕を投げつけられた夜は、さすがに自分の不甲斐なさに落ち込んだ。あまり思い返したくないことだが、『ランドルフが狼みたいで怖かったの』というエルナの言い分もわからないでもない。

ランドルフは愛しいエルナを前にしたとき、理性が吹き飛ぶ瞬間がある。

自制しようとするが、エルナのいじらしい仕草を見てしまうと、どうしたって欲求には勝てなくなる。この手で、この唇で、乱暴な部分で、とにかく彼女を愛したくて仕方なくなってしまうのだ。

昨晩も触れたら最後。箍が外れてしまえばもうその先は、止められなかった。

なにせ、ランドルフもエルナが臨月《りんげつ》を迎えた時から約一年半、お預けをくらっていたのだ。長い冬を我慢し続け、ようやく春を迎えた肉食獣の狼に欲情するなという方が無理だ。

「まったく、青くなったり赤くなったり、おまえは一体何を想像しているんだか」

マルクスの呆れた声で、ランドルフはハッと我に返る。

「失礼いたしました」

「羨ましい限りだな。こちらは、それ以前の問題だ。ソフィアはね、いまだに赤んぼうはコウノトリが運んでくると思っているのだよ」

「は――コウノトリ？」

「冗談で言っているのではないよ」

「そ、それは……なんとも、微笑ましい話ですね」

やはり上には上がいるらしい。あの頃のエルナにもありえない話ではないが、結婚してから二年の間、その誤解が解けなかったらと考えると、眩暈がするほど気が遠くなる話だ。

言葉に困ったランドルフを尻目に、マルクスは乾いた笑みを浮かべた。

「微笑ましい……といえば、そうかもしれないね。それがソフィアの良さでもあると思っているよ。もちろん、閨事がまったくないわけではないが、あまり僕を深くまで受け入れたがらないんだ。触れ合いをするのも、くちづけの一環だと思っている。それ以上のことが今もよくわかっていないようだよ。理屈じゃ通じないんだ。実に手ごわい」

ランドルフはうっかり想像してしまいそうになり、朝からなんという話を聞かされてしまったのだろうかと赤面する。この場合、主になんと進言すればよいものなのかもわからない。

「安心してくれ。この手のことを、おまえになんとかしろとは思っていないよ」

マルクスは苦笑する。そして書類を机に置いたあと、引き出しから封筒を幾つか取り出した。

その封筒に押された封蝋は、どれも隣国エルドラーンのものである。

「これが何かわかるかい？」

「エルドラーン王からの手紙、ですね？」

ランドルフが応えると、マルクスは深々とため息をついた。

「ああ、そうだ。僕としてはね、この手紙を見るまでは、ソフィアの気持ちを気長に待つつもりでいたさ。しかし、エルドラーンの王が、ソフィアとの子がなぜ出来ない！　と激昂して、二心でもあるのか……と長ったらしい説教の文を送ってよこすんだ。娘を溺愛する過保護な王にも責任の一端はあると思うんだが、こちらは要らぬ疑惑をかけられて迷惑をしているところだよ」

やれやれとマルクスは愚痴をこぼす。常に大らかに構えている君主らしくない落胆ぶりだ。あれこれ周りからの圧力があり、心労が溜まっているのだろう。

「それでは陛下も気が休まりませんね」

「全くだ」とマルクスはため息をつく。

「ランドルフ、おまえに意見を聞こう。子ができないことを理由に、他の妻を娶《めと》れと言われたらどうする？」

「それは……」

ランドルフは一瞬、言葉に詰まった。次の瞬間にはエルナの哀しい顔が浮かんで、鎖骨のあたりが締めつけられたように苦しくなる。

「しかし、陛下と私では置かれている立場が異なります。もしや、そのように重臣たちに急かされたのですか？」

「ああ。その通りだよ。だが、僕はね、正妃以外に娶るつもりはないんだ」

「陛下は、先代のことを気にされているのですね」

　マルクスは即座に頷く。その表情は険しく、重々しかった。

「もう金輪際、かつての我々兄弟間のような王位継承問題が起きては欲しくないからね。ソフィアには負担をかけて悪いが、子が多く必要だというのなら彼女にがんばってもらいたいと思っている。無論、血の繋がりこそが正義とは思っていないよ。半分血の繋がった弟のアンゼルムとの関係も、色々なことを乗り越えてこそ今があるのだから。それを今後も忘れぬよう、おまえも胸に留めておいてくれ」

「得心致しました」

「ランドルフ、そういうわけだ。一気に解決に導くために、外堀から色々と攻めていこうと思っている。おまえにはエルナと一緒に諸々の協力を頼むよ」

「御意にございます」

　と、そこへ、ノックの音が響き渡った。

「兄上、入るぞ」

　その声は、噂の主であるアンゼルムだ。

　ランドルフはすぐさまマルクスの側に控え、部屋に入ってきたアンゼルムに対し、恭しく頭を垂れた。

「改まって話というのは何だ？」

アンゼルムの不遜な口調は相変わらずであるが、その声音には警戒の色が滲んでいるように感じられた。

どうやらマルクスはランドルフに話をした後で、アンゼルムに具体的な話を持ちかけようと考えていたようだ。

「今、ちょうどランドルフに相談していたところだよ」

マルクスがそう説明すると、アンゼルムはランドルフの方を一瞥し、眉間を寄せた。

「相談？」

「しばらく、おまえの側にランドルフがつくという話さ」

「それはまたどういう料簡《りょうけん》だ」

「花嫁探しの舞踏会の件だよ。ランドルフとエルナが仲介役を引き受けてくれるそうだ」

「何だって？」

自分の知らないところで話を進められたことが気に入らなかったらしく、アンゼルムがだんだんと不機嫌を露わにしはじめる。彼は頬にかかる赤茶色の髪を掻きあげ、おもいきりため息をついた。

「ランドルフ、おまえはまた兄上に言いくるめられたのだろう？」

憐れむような目を向けられ、ランドルフはつい言葉に詰まるものの、まさかそうですとは言えない。

アンゼルムは回答を待つ前に、マルクスの方へと向き直る。

「何度も言うが、不承知、だ。何度もその提案は断っている。兄上、あなたは諦めが悪いぞ」

怒気を孕んだ声が王の執務室に響き渡った。一拍おいたあと、マルクスはため息をつく。

「おまえの方こそ往生際が悪い。兄を助けると誓ってくれたのは、いつのことだったか。それにしては随分とつれない弟だ」

マルクスが寂しそうに言うと、アンゼルムは不意を突かれた顔をして耳まで赤く染め、ふいっと視線を逸らす。

「そんな前のことは知らん。俺の誕生日に花嫁探しをする件と、それがどう関係があるというんだ」

腕を組んで、徹底抗戦の構えを見せるアンゼルムに、マルクスは諦めずに話を続けた。

「おまえだって気付いているだろう。国王夫妻に子がなかなか授からないことで、宮中がちょっとした騒動になっているんだよ」

「はっ……そんなことだろうとは思ったが。国王は兄上だ。王弟の俺が花嫁を迎える気になろうとなかろうと、兄上自身の問題が解決することにはならんだろう」

すっかりアンゼルムは意固地になっている様子だ。これは骨が折れるに違いない、とランドルフは思う。

元々アンゼルムは、マルクスが王位を継ぐ前にも花嫁探しの舞踏会を開いていたことに難色を示していたのだ。

権力誇示のための舞踏会、女遊びの茶会、と当時はよく突っかかっていたものだ。王位継承問題が落ち着いたとはいえ、アンゼルムのプライドが許さない部分があるのだろう。

プライドといえば、アンゼルムはけっしてマルクスのことを陛下とは呼ばない。王弟殿下と呼ばれることも嫌がるのだ。ゆえに、ランドルフはアンゼルム殿下と呼ぶことにしているのだが。

「失敬。アンゼルム殿下は、一生独身を通されるおつもりなのでしょうか？」

このままでは埒が明かないと思ったランドルフは、思わずアンゼルムに問いかけた。先ほどのマルクスの心得をなんとかうまい具合に伝えることはできないだろうかと思案する。

「なんだ、ランドルフ。藪《やぶ》から棒に」

アンゼルムがそう言い、眉根を寄せる。

「いえ。何か女性に思うところがあるのではないか……と感じたものですから。私の妻も、少し前までは男性が苦手でしたから」

「エルナか。そうは見えないが……」

アンゼルムは腑に落ちない顔をする。それも仕方ないことかもしれない。彼は、エルナがランドルフと結婚する前、恥ずかしがり屋、赤面症、人見知り、それをこじらせて男性が苦手になってしまったことを知らない。

「妻なりの歩みで克服したのです。殿下もきっと、そういうときが来るのではないでしょうか」

なんとか諌《いさ》めようとするランドルフをよそに、アンゼルムは煩わしそうにかぶりを振った。

「勘違いしているようだが、俺は別に女が嫌いというわけじゃない。媚《こび》を売る女に愛嬌を振りまかなくてはならない付き合いが面倒なだけだ」

「なら、王の僕に万が一のことがあって、おまえが王位を継がなくてはならなくなったとき、今と全く同じことが言えるかい？　亡くなった母上たちが宮中で悩み、苦しんできたこと、そして僕たちが和解をしたからこそ今があることを忘れたわけではないはずだ、アンゼルム」

マルクスからの鋭い指摘に、アンゼルムは一瞬言葉を詰まらせ、やれやれとため息をつく。そこまで言われれば、折れないわけにいかないと思ったのだろう。王族の責務というものをアンゼルムもわからないわけではないはずだ。

「では、一度きりだ。次の舞踏会で相応の相手が見つからなければ、しばらくの間は放っておいてくれ。それを約束するというのなら、承認しよう」

逆に条件を突きつけられ、マルクスは不服そうだったが、今は譲歩するほかないと判断したらしい。すぐに頷いてみせた。

「仕方ないな。まあ、おまえが納得するような女性を集めてみせるのというのもまた一興《いっきょう》だ」

と宣言したのち、ランドルフの元に救いの視線を向けてきた。

「それから、ランドルフがその意味を察知するより早く、マルクスは何かを閃いたような顔をする。

ランドルフ、アンゼルムにも言っておこう。しばらくの間、ランドルフとエルナは王宮に住まうことになったんだ。おまえもこの機会にエルナと一緒の時間を過ごしてみればいい」

「王宮にまで呼びよせて、たいそうな御守役を任されたな、ランドルフ」

「失礼なことを言うもんじゃないよ。エルナとランドルフは力を貸してくれる友人でもあるのだからね」

二人の会話に挟まれる中、ランドルフは焦った。

自分が役目を負うのは一向に構わない。だが、いくらアンゼルムとはいえ、エルナが自分以外の男と一緒に過ごすことなど考えられなかった。

かつてマルクスがエルナに求婚を試みた過去まで思い出してしまい、ランドルフは狼狽《うろた》えるばかりだ。

一方、マルクスは面白い玩具を見つけたかのように喜々として話を続ける。

「あの子といると、心のコリが解《ほぐ》れるんだ。僕も色々と悩んでいた時期に癒されたよ、彼女には。そういう気質があるのだろうね」

「ふん。呆れるな。それでは二心ありと疑われても仕方あるまい」

アンゼルムは即座にマルクスの考えを撥《は》ねつけ、次にランドルフに矛先を向けてきた。

「おまえも兄の戯言《ざれごと》に付き合いすぎだ。だから忠犬の君などと言われるのだろう」

それには返す言葉がない。

「ランドルフに当たることはないだろう。今後はおまえの護衛にもつく男なんだ。自分の側につく人間はきちんと大事にするべきだよ。アンゼルム」

「言われなくとも俺は臣下を大事にしているつもりだ。だが、それとこれとは話が別だろう。兄上の方こそ、都合よくランドルフを使っているのではないか」

その後も、マルクスとアンゼルムの話は延々と平行線のまま続けられ、一向に進展する気がしなかった。否、進んだと思えば元に戻ってしまうというのか。

(これは……参った)

王と王弟の二人に挟まれたランドルフは、苦笑するばかり。

けっして王位継承問題のときのような苦々しい諍《いさか》いではないからその点は安心できるのだが、

兄弟間が近くなりすぎるのも、それはそれで何かと騒がしいものだ。

最終的にはなんとかアンゼルムの花嫁探しの舞踏会については了承を得られたが……今でさえこんな状況では、この先が思いやられそうだと、項垂れるランドルフだった。

♠
♠
♠

その頃、ソフィア王妃の元へ侍従に案内されていたエルナはというと、途中でイレーネ王女とばったり会い、彼女の護衛についているエルナの双子の弟ヨハンにも久しぶりに顔を合わせることとなった。

「久しぶりね、エルナ。なんだか少し見ないうちに、大人っぽくなった気がするわ」

「ふふ。イレーネ王女殿下も、お元気そうで何よりです」

イレーネ王女とはお茶会に招待し合う親しい間柄だ。エルナがニーナを身ごもってからは遠慮してくれていたので、またこうして会えて嬉しかった。

王女の溌剌《はつらつ》とした性格は、その場にパッと太陽の光が射し込んできたみたいに明るくて、元気をわけてくれる。一緒にいて楽しいのだ。

「私がこうしていられるのは、あなたの弟でもある騎士のヨハンがいつも側で守ってくれているおかげよ」

ね、とイレーネはヨハンに話を振った。

彼女の可憐な笑顔を向けられたヨハンは頬をほんのり染め上げる。

「そう言っていただけて光栄です。ですが、まだまだ僕は若輩者《じゃくはいもの》です。日頃から団長にみっちり扱かれていますよ」

そう言いつつ、ヨハンはイレーネから褒められたことが満更でもなさそうに表情を緩める。

ヨハンは、王立騎士団の近衛騎士第一団に所属しており、ランドルフの直属の部下でもある。騎士団一腕が立つといわれるランドルフのことを心から尊敬していて、エルナがランドルフと結婚したことを誰より誇りに思っている人物だ。

そして、実をいうとヨハンはずっとイレーネに淡い片思いをしていた。

そんな彼に転機が訪れる。今から二年ほど前のこと、マルクスが王位に就く前、謀反《むほん》を起こした者たちによって王女であるイレーネが誘拐されたのだ。

当時まだ新人騎士であったヨハンが果敢《かかん》に王女奪還に向かったことは、今も入団してくる新人たちに語り継がれる勇者伝説である。

そのことがきっかけになり、二人は現在、恋仲にある。それを知っているのは、ランドルフとエルナだけだ。エルナはいつも、二人の恋の行方を密かに見守っているのだった。

「ヨハンは見るたびに逞しくなっていくわよね。小さな頃、身体が弱かったなんて誰も信じてくれないと思うわ」

エルナは目を細めながら、双子の弟であるヨハンを見た。

「毎日、団長の手合わせは容赦がないですから、ついていくので必死で、逞しくもなります」

ヨハンは肩を竦《すく》めてみせる。

すると、イレーネが横から誇らしげに口を挟んできた。

「いつかベルンシュタインの伝統の剣舞を、騎士団長から授かるのが夢なのよね」

「まあ、そうなの？　ヨハン」

エルナは興奮ぎみに頬を紅潮させた。

「や、それは……うん、まあ」

ヨハンは照れているのか、歯切れが悪い。

でも、否定をしないということはその気があるのだろう。

ベルンシュタイン伝統の剣舞は、主に秋の豊穣祭の頃に行われる御前試合の際に国家繁栄と国王への敬意を示すための行事だ。

試合の前座として近衛騎士が剣舞を披露することになっているのだが、それはもちろん誰でもよいわけではない。王族の護衛を仕《つかまつ》る近衛騎士団の四部隊の長《おさ》のみが剣舞を舞うことを許されるのだ。

例外がない限り、騎士団長の任務の一つであり、一昨年はランドルフがその一人に選ばれた。エルナはイレーネと一緒に見に行ったことがあるが、とても力強く、美しい舞だった。

「僕は……もちろん、まだまだだけど、いつか……って目標を持っていれば、自分の力になるから」

ヨハンは瞳を輝かせ、力強くそう言った。

身体が弱かったヨハンが夢を持って騎士団に入団すると決めたとき、エルナはとても心配したものだ。だからこそ、年々騎士らしく逞しい成長を遂げている弟の様子は、感慨深いものがある。

ランドルフがヨハンの才能を見出して目をかけてくれ、ヨハンと良い子弟関係を築いていることもエルナには嬉しいことだった。

「きっといつかなれるわ。頑張って、ヨハン。私もずっと楽しみにしているわ」

エルナが励ますと、ヨハンは「ありがとう。姉上」と、笑顔で頷いた。

「ところで、エルナはどちらにご用事なの？　お兄様にまた呼び出されたのかしら？」

イレーネに問いかけられ、エルナはハッとする。

「実は……」

エルナが昨日あったことを話すと、イレーネは驚いた表情を浮かべた。

「そういうことなら一緒にお邪魔するわ。ヨハン、あなたもついてきて」

「は、はい。かしこまりました」

それからイレーネとエルナの後ろにヨハンがついてくる形で、さっそくソフィア王妃の待つ広間へと向かうことになった。

「ねえ、ところで……エルナ、聞いた？　お義姉さまのコウノトリの話」

「コウノトリ？」

エルナはなんのことやらと首を傾げる。

すると、イレーネが柳眉《りゅうび》を寄せて、ひそひそと声を潜めた。

「……赤ちゃんはコウノトリが運んでくるって、信じているそうよ」

「いけない、ですか？」

エルナはきょとんとした顔をする。

イレーネは「ここにも天然さんがいたわ」と嘆息《たんそく》する。

「えっと、あの？」

「エルナったら、ニーナを生んだ母親でもあるあなたがそれを言うの？　どうしたら赤ちゃんができるかわかっているでしょう？」

呆れたようにイレーネが言う。彼女が言わんとすることをようやく理解して、エルナはかぁっと頬を染めた。

「で、でも、夢があっていいと思うわ。えっと、愛する人との赤ちゃんを、それほど楽しみに待っているということですもの」

「はぁ。ランドルフを悩ませていたエルナだものね。私だって、そういう素敵な考え方を否定しないわ。でも、上には上がいてね。ときにはそれが問題になることがあるのよ」

イレーネがそう言い、また一段と声を潜める。

「つまり……お兄様とお義姉様は、まだ初夜をきちん迎えていないらしいのよ」

「えっ」

今度こそエルナは驚いた。聞き間違えではないだろうかと耳を疑った。

なぜなら、二人が結婚したのはもうかれこれ二年も前の話なのである。エルナとランドルフ同様に新婚の蜜月といわれる時期はとうに過ぎているのだから。

「もちろん言葉通りに、何もないわけではないみたいだけれど。最後の砦《とりで》を超えなければ、そのコウノトリさんはいつまでもやってこないわけよ。子ができにくいというわけじゃないの。

そもそも、その事実がないんですもの。でも、お義姉様には常識というか理屈が通用しないらしいわ」

はぁ、とイレーネがマルクスに同情するようにため息をついた。

彼女の表情からは、本気で兄夫婦のことを心配している様子が伝わってくる。

イレーネは兄のマルクスが小さな頃から大好きなのだ。ヨハンの片思いが実って恋仲になるまでは、本当に兄と結婚してもいいと思うくらいべったりだった。それをエルナも知っている。

花嫁探しの真只中にいたマルクスに実は婚約者の存在があることを知ったイレーネは、昔から王家の者と関わりのあるランドルフに相談し、泣き付いたこともあるくらいなのだ。

マルクスとソフィアが結婚したあともイレーネが兄を大好きなことに変わりはなく、彼らに幸せになって欲しいと誰よりも願っている人物なのである。

つまり、マルクスの悩みはイレーネの悩みでもあるということ。

ふと、エルナは昨日の邸での様子を振り返り、国王夫妻と交わした会話を思い浮かべた。

しばらく王宮で暮らして欲しいと頼まれたときは驚き、いつかの子育てのためにと頑張ろうとしている国王夫妻の力になれれば……と思い、エルナは承諾した。

もしかすると、あれは言葉どおりの意味ではなく、エルナとの接点をきっかけに、マルクスはソフィアに『コウノトリ』の本来の意味に気付いて欲しいのではないだろうか。そんなふうにエルナは考えた。

イレーネと雑談をしているうちに、ソフィア王妃が待っている広間に到着する。

近衛兵が扉の左右に分かれて警備についているところ、エルナがソフィア王妃に謁見《えっけん》を申し込んだことを告げると、イレーネ王女と一緒に部屋の中へ案内された。

もちろん護衛役のヨハンもそのまま後をついてくる。

広間に入ると、ソフィアは赤んぼうのゆりかごの中を眺めているようだった。

乳母のモニカがすぐ側に控えていて、楽しそうに会話をしていた。

（ニーナ、元気でいたかしら）

娘がすぐ側にいるとわかったエルナは、途端にそわそわしはじめる。

「エルナさん、来て下さったわね」

ソフィアがエルナの存在に気付き、こちらを振り返った。

「ソフィア王妃殿下。ごきげんよう。この度はお目通りが叶い、大変光栄です」

「こちらこそ、昨日は邸にお邪魔させてもらって、ありがとう」

ソフィアはふんわりと笑顔を咲かせる。そして、ひょっこり横から顔を出したイレーネに
「あら」と睫毛を瞬かせた。

「私もお邪魔していいかしら？　お義姉様」

「まあ、イレーネさん、あなたの騎士も一緒ね。もちろん歓迎するわ」

ふふっとソフィアが鈴の音のように笑う。

そして、エルナとイレーネの二人の腕をとって行きましょうと促す。

「エルナさん、昨日は無理やりニーナさんから引き離してしまってごめんなさい。今朝呼び出したのはね、きっと一刻も早く会いたいんじゃないかと思って」

ソフィアが忍びないといった顔をする。

彼女のやさしさにエルナの胸がほっこりとあたたかくなる。

「お心遣い、ありがとうございます。ソフィア王妃殿下」

「さあ、ニーナさんの顔を見てちょうだい」

ゆりかごの側に案内され、エルナはそうっとニーナのことを覗き込んでみた。すると、愛しいニーナの愛らしい寝姿に、ふふっと笑みがこぼれてしまった。

「私も見たいわ。どう、寝ているの？」

イレーネがエルナの隣にひょっこり顔を出した。側に控えていたヨハンも気になるらしく、離れた位置から覗き込むようにしている。

乳母が寝かせてくれたばかりだったらしく、ニーナはすやすやと寝息を立てている。その姿は天使のようだ。

エルナは頬を緩ませ、ニーナの金色の髪をそっと撫でた。

「エルナにそっくりよね。さすが、ミンディア妃の末裔《まつえい》の血を引いているっていう感じがするわ。将来とっても美人になると思うわ」

「そ、そうかしら？　私は、ランドルフの凛々しいところに似ていると思うの。眉の感じとか、唇とか……」

「ふふ。ちゃっかり惚気《のろけ》ちゃって、かわいいわね、エルナったら」

エルナは思いがけず、頬が熱くなってしまった。

イレーネが言うミンディア妃とは、かつてベルンシュタインの歴代の王妃のひとりで、美と豊穣の女神と称賛された美妃である。

かつてのベルンシュタインの王はミンディアという女性につよく惹かれ、彼女を妃に迎え入れた。美しい彼女には未来が視える能力が備わっていたという逸話があり、その特別な力でベルンシュタインに多大な豊穣の恵みをもたらしたらしい。

以来、ミンディア妃以上の優れた女性を娶ることが王室の理想とされる風潮があったのだ。

その名は後世にも語り継がれた。王宮の左右対称に整えられた美しい庭園の噴水の近くには、ミンディア妃の石像が今も飾られており、神々しい輝きを魅せている。

その後、逸話に興味を持っていたマルクスが調査を進めた結果、エルナの家系がミンディア妃の末裔に当たることが判明したことは記憶に新しい。

　エルナの出身のダールベルク家は、遠縁ではあるが王家の血筋にあることは知られていた。

　マルクスいわく、琥珀色の月のような黄金色の髪、紺碧の海を思い起こさせるサファイアブルーの瞳、それこそが、エルナにミンディア妃を思い起こさせるのだそうだ。

　自分の中に流れるかつての王の血が騒ぐのだと、マルクスに力説されたこともある。そのくらいベルンシュタインの王族にとって影響力のある存在なのである。

「でも、エルナが言うように、じっと見ているとたしかにランドルフのきりっとした目元にも似て見えてくるわ。成長したら、瞳の色はどちらに変わるかしらね」

　イレーネがわくわくと胸を躍らせるように言う。

「ええ。変化を見られるのも楽しみだわ」

　エルナも頷く。

　サファイアのような紺碧色の瞳がエルナの特徴であるとしたら、ランドルフはというと、スモーキークォーツと呼ばれる宝石のような濃い茶色の瞳だ。

　しかし瞳の色はイレーネが言うように、成長と共に変化が見られるものである。

　髪の色も今はうっすらとしか生えていないので金色に輝いて見えるが、それもこの国の幼い子にはよくあることで、成長と共にランドルフのように黒くなっていくこともありえる。

どちらに似ても、エルナにとって愛しい気持ちには変わりない。ランドルフとエルナを繋ぐ宝物だと思うと、ニーナの一日ずつの成長が、エルナには嬉しくてたまらないのだ。そして、ニーナへの愛情が深まるのと同時に、夫への愛しさが募っていくのをひしひしと感じる。

(この気持ちこそ、大切にしなくちゃ……)

エルナはニーナを眺めながら、ランドルフへの想いをあらためて温め、さっそく彼に会いたくなってきてしまった。

「エルナに似ているってことは、ヨハンにも似ているっていうことよね。なんていったってあなたたち二人は双子なんだもの」

思い立ったようにイレーネが言う。

「え、僕にも似ていますか?」

突然、話題を振られたヨハンが弾かれたように瞳を丸くした。その表情は、男女の違いこそあれど、双子のエルナに似ていた。

「ふふっ。そう言われると、そうよね。ヨハン」

エルナはさっきからニーナを近くで見たそうにしていたヨハンに微笑みかけた。

「そ、そうでしょうか」

満更でもなさそうにヨハンが頬を緩ませる。

するとと、気をよくしたイレーネがヨハンの腕をぐいっと引っ張り、ニーナがよく見える位置に連れてくる。

「お待ちください。イレーネ王女殿下、王妃殿下の前で僕なんかが……失礼になりますよ」

ヨハンが振り向いて、ソフィア王妃を気にする。ソフィアはというと、みんなでわいわいと会話をしているうちに、すっかり蚊帳の外になっており、彼女はおっとりと見守るように佇んでいた。それにはエルナもハッとする。

「ご、ごめんなさい。ソフィア王妃殿下。お言葉に甘えすぎて、騒がしくしてしまいました」

エルナがシュンとして謝ると、ソフィアはいいえと首を横に振る。

「いいのよ。私は構わないわ。その為に来てもらったのよ。それからヨハンさん、あなたもニーナさんの叔父様ですもの。気になるでしょう？　そうそう、ハインツさんもじっくり顔を見ていきましたわよ」

「私のお兄様が？」

「ええ」

そういえば、話を通してくれていると言っていたのだった。きっと真っ先に見に来たことだろう。

「自慢の姪っ子だと、嬉しそうにしていましたわ」

ソフィアがふふっと微笑む。その話で、ヨハンもホッとしたのだろう。

「恐れ入ります。ソフィア王妃殿下、では、僕も少しだけ……」

ヨハンはそう言って、イレーネの隣に立ち、ニーナを眺めた。

すると、彼の瞳がたちまち輝きはじめる。

「ほんとうだ。こうして見ると、姉上の小さな頃にそっくりだ。僕は、口元が団長に似ていると思うな。ああ……瞳を開けた顔を見てみたかった」

とろけるような顔をしているヨハンを尻目に、イレーネがツンツンと彼の上衣を引っ張る。

「ねえ、いつか私たちも結婚したら、こんなふうになるのかしら。ね、ヨハン」

ひそひそとイレーネがヨハンに耳打ちをする。

「なっ……ここで、そんな……だめですよ」

ごほっとヨハンが顔を真っ赤にする。

それに対して、イレーネはしてやったりという表情を浮かべていた。

「何を慌てているの？　それぞれの将来の話よ。だって、さっき言ったでしょう。エルナとヨハンは双子だから、とっても似ているんだもの」

ヨハンとイレーネの仲睦まじい様子を見て、エルナは思わず微笑んだ。

相変わらずヨハンはイレーネに主導権を握られているようだ。

一方、イレーネとヨハンが盛り上がっている側で、ソフィアは窓の外へと視線を伸ばしている様子だった。

エルナもつられて外を見る。すると、ちょうど庭園のミンディア妃の石像が見えた。

ソフィアがぽつりと呟く。

「ミンディア妃の逸話……陛下がとてもお好きだったみたいだわ。王の情熱の愛と騎士の献身の愛。二人の間に揺れる美しい姫のお話なんて、とてもロマンチックよ。ねえ、エルナさん」

話を振られて「ええ」とエルナは同調する。

ソフィアはそれから、うっとりとした顔で青空を見上げる。

「ほんとう赤ちゃんは可愛いわよねぇ。これから、私たちのところにもコウノトリさんが運んできてくれるのよ。陛下と私の天使さんも、空で順番が来るのを待っているのかしら」

その言葉に、エルナはハッと我に返った。

ソフィアを見れば、彼女の顔からは本気で言っていることが伝わってくる。

そのとき、イレーネと目が合った。彼女の言いたいことはエルナにもわかった。

エルナとイレーネは二人して目配せをして頷く。

「……エルナ、私も協力するから、何かあったら言ってちょうだい。マルクスお兄様のためにひと肌脱いでもらえるわよね？」

「……え、ええ。もちろんよ」

密やかに作戦を立てるものの、具体的にどうすればいいのかはまだ思い浮かばない。

とにかくマルクスが困っているようなので、力にならなくてはと思うのだが。

「ヨハン、あなたもよ」

「え、僕は何を……」

すっかり夢中でニーナを見ていたヨハンは、突然の話題に困惑している様子だ。

「何でもいいから、考えるの。これは王宮の危機なんだから。あなた、王立騎士団の近衛騎士でしょう」

「は、はい」

八つ当たりされるヨハンが気の毒と思ったが、たしかにイレーネのいうとおり、『コウノトリ』の件が解決しなければ、王宮の危機が訪れることに違いない。

しかし、エルナはまだこのとき知らなかった。

ランドルフとエルナに託された任務が、この件ひとつだけではなく、複雑に絡まりあっているということ。そしてそれが、後々ランドルフとエルナの夫婦を巻き込んだ事件になるのだということを――。

第3話　花嫁探しの大作戦

いよいよ舞踏会が開催された日――。

エルナは今日のために新調したドレスに着替え、大広間に紛れ込んだ。

胸元が艶やかに開いたシルクタフタの淡いピンク色のドレスは、腰の高い位置に絞りがあり、ふんわりとしたドレープの段ごとに薔薇の刺繍模様が美しくふんだんに描かれ、金剛石《ダイヤモンド》や真珠といった純白の輝きに満ちた宝石が飾られている。

袖には精緻な刺繍が施され、年相応でありながら公爵夫人としての上品な甘さをも演出してくれるデザインだ。

耳にはエルナの瞳の色とお揃いのサファイアブルーのイヤリングをつけおり、歩くたびにゆらゆらと揺れ、シャンデリアの光に反射して煌いている。

一方、ランドルフはというと、今日は公爵としての立場ではなく、本日の主役であるアンゼルムの護衛役の騎士としてエルナの側に立ち、一緒に様子を見守っていた。

付き添い人と共に受付を済ませたご令嬢たちは、おもいおもいに美しく着飾った自分の姿を誇示するように見せつけ合っては火花を散らし、王弟殿下であるアンゼルムと踊れる時間を心待ちにしている。

皆、考えていることは同じに違いない。この会場にいる女性たちはお互いにライバルなのだから、いかに印象づけられるかが肝心なのだ。

今日ばかりはいつもの社交界のように仲良く過ごす義理はなく、各々アンゼルムの花嫁となれるのを夢見て、争奪戦が繰り広げられるのみ。

エルナは大広間に押しよせた煌びやかな花々を眺め、緊張するあまり、こくりと喉を鳴らす。

本日より遡ること二週間前、王宮内はあれやこれや大騒ぎだった。

まず、アンゼルムの好みに適う女性を選定するために、マルクスによって膨大な情報が載せた書類が並べられた。

国内外自薦他薦問わずに募集をした結果、その数、千人以上。その中から王宮にあがることのできる基準に達している候補者を五百人に絞ることになった。

さらにうるさい重臣たちにも意見を仰ぎ、より適していると思われる高貴な身分の女性を百人にまで絞った。そう、当然ながら皆、貴族のご令嬢ばかりだ。

エルナとランドルフもその選定の場に立ち合い、マルクスから頼まれたとおり、アンゼルムとの仲介役を担うことになった。

外見、趣味、好み、様々なことを質問し、ふるいにかけた。

プライドが高く、気難しいアンゼルムのことだから、条件も色々と厳しそうだと思ってエルナも構えていたが、彼の場合は「興味がない」のだ。一番難しい条件である。

それも、もしかしたらアンゼルムの策かもしれなかった。こちらの思惑に乗せられることのないよう情報を与えたがらない。だからこそ、候補者の選定は非常に難航した。

その上、重臣たちは皆、品位を重要視し、身分や地位を優先しようとする。それにまたアンゼルムが辟易《へきえき》した顔をしはじめ、マルクスと言い合いになり、ランドルフとエルナは彼らの喧嘩の板挟みになり、日々頭を悩ませたものだ。

そしてついに今夜は、千人のうちの百人として選ばれた女性だけが参加できる舞踏会ともあって、皆が気品と自信に満ち溢れている。

今日は、ちょうどアンゼルムの誕生日ということもあり、贈り物の数も膨大な量が積まれてきたらしい。臣下たちは皆来賓の相手以上に荷物の運びだしをするため大忙しだ。

その一方、主役のアンゼルムはというと、いつも着ている黒色の軍服ではなく、同じ黒色でも王族らしい品格のある豪奢な盛装にめかしこんでいるというのに、面倒くさそうに仏頂面を浮かべているというかなりの温度差だ。

「なんだかアンゼルム殿下のご様子……ハラハラするわ。うまくいくのかしら」

「こればかりは殿下次第だ。我々は見守るしかないよ。あくまできっかけを持たせて欲しいという陛下のご要望なのだからね」

「そ、そうよね」

ランドルフに諭されたエルナは、とりあえず肩の力を抜くことにする。

開放された大広間には宮廷楽団が待機しており、銅鑼《どら》の音と共に国王夫妻が会場入りすると、国王が挨拶を済ませた直後、優雅な調べを奏ではじめた。

そして、主役のアンゼルムの元に令嬢がつめかける。

殿下、殿下……殿下。

まるでピアノの音色のような数々の甘い呼びかけに応じ、次から次へとワルツを踊る。エスコートする仕草は王族ならではの気品に溢れ、かつ男らしくリードする様子は、ため息が出るほど麗しい。

しかし、彼は表情を硬くしたまま、女性自身を真剣に見る気はなさそうだ。あくまでも義務としてこなしているにすぎない。

（まだはじまったばかりだもの。アンゼルム殿下がお気に召す女性がいたら、見逃さないようにしないと）

エルナはそう言い聞かせ、広間で踊るアンゼルムとご令嬢の姿を目で追った。

「きっと、どなたか気に入る方がいらっしゃるはずだわ」

気合いを入れるエルナをよそに、ランドルフはゆったりとした構えだ。

「そうでなくても、殿下にとって改めて考えるきっかけになればいいと思っているよ」

そう、舞踏会に参加することは、本来の目的の序の口にすぎない。とにかく、恋がしたいと思うようになってもらうことが大事なのだ。

そして、ランドルフとエルナは、アンゼルムが気に入った女性と二人で過ごせる時間をもうけられるよう、誘導することを任されている。

二人はバルコニーに近い位置にあるテーブルの側で待機し、遠巻きに広間の中心を眺め続ける。

時々、付添人として参加している紳士がエルナの側を通り、「今夜は素敵ですね」と声をかけてくれる。その社交辞令にエルナが度々笑顔で応えていると、なんだかランドルフは落ち着かない顔をしはじめた。

エルナとランドルフが夫婦であることは周知の事実である。幾らランドルフが近衛騎士としての任務中にあっても、わざわざ彼の妻であるグライムノア公爵夫人を誘ってくる者はいないのだが……ランドルフはエルナをとっさに護るような体勢をとるのだ。

「ランドルフったら。今夜は、私も依頼されたお仕事で来ているのよ。あなたはアンゼルム殿下の護衛役でしょう」

エルナに言われてようやくハッとしたらしい。ランドルフは近くなりすぎた距離を少し離す。

しかし不服なのは変わらないらしい。

「……そうだが。さっきから視線を感じるのだよ。心配でね。君が……今夜はとても綺麗だから」

ランドルフが他には聞こえないように声を潜め、密やかに熱っぽい視線を送ってくる。

「そ、そうかしら」

「ああ。とても綺麗だよ。もしも二人きりだったら、今すぐに抱きしめたいくらいだ」

まるでかみしめるようにランドルフは再びそう囁き、微笑んだ。

密やかに交わされる甘いやりとりに、エルナはぽうっと顔が赤くなる。ランドルフはいつもエルナのことをさりげなく褒めてくれる。大好きな夫にそう言ってもらえるのはとても嬉しい。

浮かれている場合ではないことは重々わかっているが、今夜ランドルフと手をとって一緒にワルツを踊れたらどれほどいいだろうと、つい夢心地になってしまった。

「いつか、私たちの邸でも夜会を開いてみたいわ」

「そうだね。お茶会を開いたことはあったが、夜会はまだ一度もなかったね」

「ええ」

「まずはニーナの一歳の誕生日にお茶会をして、もう少し大きくなったら夜会を開くのがいいかもしれないね」

「そうね。楽しみだわ」

そんな会話を楽しみながら、アンゼルムの方へと視線を移そうとしたとき、それを遮るように視界に入ってきた人物がいた。さっきまで玉座でソフィアと一緒にいたマルクスが、近づいてきたのである。

「おまえたちも踊ってはどうだい？　せっかくの機会なのだから」

マルクスが側に来るやいなやそう言い、鷹揚《おうよう》に微笑みかけてくる。

「私は任務中ですから」

「硬いな、ランドルフ。そうしているうちに、誰かに攫われても文句は言えないね」

マルクスは不穏な言葉を残したかとおもいきや、エルナに手を差し出した。

そう、今まさに攫おうとしているのは彼本人なのである。

「夫人、お手をどうぞ」

「あ、あの……」

エルナはランドルフのことが気になったが、彼はため息をつき、諦めた目で「そうしなさい」といわんばかりに頷いた。

ランドルフはマルクスの性格を心得ているのだ。

国王に誘われることは名誉である一方、それを拒否することは失礼にあたる。

「お誘いいただき光栄です。陛下」

エルナがおずおずとマルクスの手をとると、ランドルフは寂しそうだったが見送ってくれた。

エルナとしても後ろ髪引かれるような気分だったが、この場合は仕方ない。

「さて、お預けは何回目かな」

マルクスが耳打ちをしてきた。ランドルフが落ち着かない様子でこちらを見ているのがわかった上で、彼はそうしているのだ。

「陛下ったら……あまり主人にいじわるなことをなさらないでください」

エルナが諫めると、マルクスはふっと笑みをこぼした。

「ごめん。あまり仲が良さそうだったから妬けたのさ。君はすっかり大人の女性になったね、グライムノア公爵夫人」

マルクスに揶揄《からか》われ、エルナは気恥ずかしさのあまり肩を竦めた。

「もう二年以上前になるのか。あの頃、僕は君にダンスを申し込み、プロポーズをしたね。覚えているかい？」

「え、ええ。でも、陛下は……私と夫のことを想って、色々思案してくださったのですよね」

「いやいや。本気だったよ。半分くらい……はね」

煙《けむ》に巻いたような口ぶりで、マルクスは言う。

「陛下、冗談はこの場だけにおさめてくださいね。ソフィア王妃殿下が聞いたら悲しみますよ」

「もちろん。どれもこれも、懐かしい過去の話さ」

そう、円舞曲の調べに身を任せるうちに、懐かしい日々思い出す。

マルクスはランドルフとエルナの進展を願い、エルナを花嫁候補として舞踏会に招待し、プロポーズをしてみせたのだ。

あの一件があったからこそ、エルナは自分の奥に眠っていた想いに気付けたし、ランドルフの情熱的なプロポーズに返事をすることができた。

その後、役目を終えたランドルフが素敵なフロックコートに身を包み、エルナにダンスを申し込んでくれたのだった。

月明りの美しい夜、二人きりのバルコニーで時間を惜しむように踊った。あのときの甘い気持ちは、振り返ればすぐに蘇《よみがえ》ってくる。

「寂しいかい？　せっかくの舞踏会だ。エルナも久しぶりにランドルフと踊りたいだろう？」

「それは、もちろんそうですけど、私たちは、アンゼルム殿下のためにいるのですから」

「君たちには本当に感謝しているよ。でも、安心するといい。時間が来たら、きちんと二人になれる時間を作ろう。今夜の御礼だよ」

マルクスがそう言い、目配せをする。

「まあ、ありがとうございます」

エルナは瞳を輝かせた。そして、ふとイレーネ王女と交わした会話を思い出す。

気にかかったのは、件のソフィア王妃の『コウノトリ』のことだ。

「あの、陛下」

「ん？　何だい？」

「実は……私、コウノトリのお話を聞きました」

マルクスが目を見開く。そして、きまりわるそうに頬を染めた。

いつも自信に満ちた彼がこのような表情を見せるのは初めてだったので、エルナの方がばつが悪くなってしまう。

「もしや、噂の出どころは、ランドルフかい？」

「いえ。あの、イレーネ王女殿下とお会いしたときに、そのようなことをお聞きして、ソフィア王妃殿下のご様子から、すっかり信じていられるようでしたので……気になって」

参ったな、とマルクスが苦笑いを浮かべる。

「まあ、そういうことだよ。それで、周りを巻き込んで、色々と根回しをしているところだ」

「陛下らしいですわ」

「他人のことには強引になれる。が、自分のこととなるとね」

自嘲気味にマルクスは言う。

でも、国を背負う彼だからこそ、強引にはできないところもあるだろう。

ソフィア王妃は隣国エルドラーンの王女だ。エルドラーン王は気難しい人物なので、苦労しているのだという話をランドルフからも聞いている。

それでなくても過去、エルドラーンとは拗《こじ》れかけたことがある。慎重に事を進めたいという気持ちはわからないでもない。

「まあ、僕たちのことは追々なんとかするさ。ランドルフも色々苦悩があるようだから、君は夫のことをよく考えてあげるんだよ」

「はい」

「……ほんとに、分かっているのかな」

マルクスが失笑するので、エルナはおろおろと狼狽える。

「あの、陛下は私の夫のことをよくご存知ですし、私に足りないところがあるなら、遠慮なく教えて下さい」

エルナは真剣に訴える。無知ほど人を傷つけることはないと気付いたばかりだ。もし自分に無神経なところがあれば、直していきたいとエルナは反省しているのだ。

「いや。自然体でいられるのが君の良さなんだし、足りないなんて思わないよ。そのままでいて欲しい。ランドルフだってそう願ってるんじゃないかな。ただね、コウノトリの妃と負けない手ごわい部分はあるね。うまくはいえないけど」

「イレーネ王女殿下にも同じようなことを言われましたわ」

エルナが気恥ずかしさのあまり俯くと、マルクスはくすくすと笑った。

「そういうわけだ。君たち親子に触れ合っていくうちに、刺激になればと思っているんだ。ソフィアのことを、よろしく頼むよ」

「え、ええ。私に力になれることがあれば」

「それでは一曲しばしお付き合いを。公爵夫人」

「もちろんですわ。陛下。私でよろしければ喜んで」

エルナはマルクスと一緒になって微笑み合うと、しばしワルツの音色に身を委ねるのだった。

エルナがマルクスの手を取って楽しそうに踊っている姿を遠めに眺めながら、ランドルフはもどかしい想いに駆られていた。

今が任務中でなければ、美しく着飾った妻と手を取って踊れたなら。

華奢な身体をきつく抱き寄せることができたなら。

自分の目の前だけで微笑んでくれたなら。

さっきから幾つもの欲求がとめどなくこみ上げてくる。

(陛下が羨ましい……などと、なんと不埒なことを考えているのか、私は)

悶々とした想いを抱いていたところ、すぐ側で大臣と話をしていたソフィアがランドルフのもとに近づき、ぽつりと小さく呟いた。

「あらあら。仲睦まじい様子で、妬けてしまうわね」

銀の盃に入ったワインをゆらゆらと揺らしながら、ソフィアは柳眉を下げる。

彼女のその様子は儚《はかな》げで、寂しそうだった。

「騎士団長さんも辛いですわね。せっかくの機会ですもの。エルナさんと踊りたいでしょう？」

扇子を口元に寄せながら、ソフィアが同情めいた問いかけをしてくる。

「私は任務中ですから」

先ほどマルクスに返事をしたように、儀礼的に答える。

そう、騎士であるランドルフには任務中どうすることもできない。

それは今にはじまったことではなく、これまでも何度となくそういった場面でお預けをされてきた。どうしたって理性を先立たせ、その感覚に慣れなくてはならない。当然のことなのだ。

それを見切ったのか否か、ソフィアは薄く微笑んだ。

「さすが陛下が信頼を寄せる騎士団長さん。我慢強いですのね」

ソフィアはふふっと声を立てたあと、小さくため息をついた。

なにやら彼女の表情にはいつにない苦悩の色が浮かんでいる。先ほどから今一つ元気がないように見えた。

「王妃殿下、何かお悩みですか？　私でよければ休憩の合間にお付き合いいたしますよ」

「ありがとう。こんなことをあなたに言うのは間違いかもしれないけれど、聞いてくださる？」

「ええ。どうぞ」

「私、時々思いますの。陛下の御心には、エルナさんの存在があるのかしら……って」

ランドルフは耳を疑った。まさかソフィアの口からそのような言葉を聞くことになるとは思ってもみなかった。

これまで仲睦まじい国王夫妻の姿を見てきているし、マルクスは本当にソフィアのことを大事にしているのだ。

「殿下、どうかそのようにご不安にならないでください。大丈夫ですよ。陛下に限って、けっして、そのようなことはありませんよ」

「そう？　あなたにはそう見える？」

もっと強く肯定して欲しい、と訴えるようにソフィアの瞳が揺らぐ。

ランドルフはええ、と力強く頷いた。

たしかにマルクスはエルナを可愛がっているが、それは妹に向ける慈愛の感情と一緒だ。ランドルフとエルナのことをいつも応援してくれていることから感じとれる。

そんな彼が誰より愛しているのはソフィアなのだ。だからこそ、一連の騒ぎになっているわけなのだが、ソフィアにはそう見えていないらしい。

「エルナさんは、ミンディア妃の血を引いているのよね。陛下は、ずっとミンディア妃のことを調べていたわ。国に関することだから興味がおありなのかと思っていたけれど、もしかしたらそうじゃないのかしらって時々思うのよ」

ソフィアはそう言うと、沈んだ顔をして、手に持っていた扇子をたたんでしまった。

「王妃殿下は、物語の続きがどうであったか、陛下から聞かれていないのですか？」

「もちろん、聞いているわ。陛下があなたたちに物語が書かれた本を渡す前に、私も読ませてもらったもの。昔々、美しいミンディアに惹かれた王が彼女を妃にした。その後、あまりの美しさに虜になった者たちが美と権力争いに狂い、その結果、災いをもたらす者としてミンディア妃は幽閉されてしまった。けれど、その窮地から救ったひとりの騎士と、彼女は深い愛に落ちるのよ」

「そうでしたね」

「でも、王は妃を愛していた。妃も王を愛していた。そうでしょう？　ただ、運命が許さなかった。それだけ。かつての王の血は……今の陛下にも流れている。陛下が前におっしゃっていたわ。自分の身体に流れる血が騒ぐんですって。それから、あなたのことも聞いたの。かつての騎士の血が流れているんですってね。立場上、妬いてしまうことはなかったかしら？」

ランドルフはすぐには答えない。

たしかにそう言われれば、複雑な気分になるのは否めない。

「ミンディア妃は最終的に、永遠の愛を騎士に捧げたけれど、その過程にあった愛だって本物だったはずなの」

「実に、思慮深い話ですね」

ランドルフは繊細なソフィアの思慮に感心しつつ、なんとかソフィアを勇気づけられはしないかと言葉を選ぶ。

「陛下は、かつての王がミンディア妃に寄せていた想いに負けないくらい、ソフィア殿下のことを考えていらっしゃいますよ。今度こそ、その運命を本物にするためです」

「それなら、どうしてコウノトリは、一向に私たちのところへは来ないのかしら。私は陛下のことを心から愛しているし、陛下も私のことを愛してくださっているのに」

ソフィアは翠玉石《エメラルド》に似た美しい瞳をにじませ、今にも泣き出してしまいそうだ。それほど真剣な王妃にこれ以上どう言ったらよいか。さすがにコウノトリの話題を出されると、ランドルフも困ってしまう。

(こ、これは……どう言ったらいいものだろうか)

ランドルフはとうとう言葉に詰まってしまった。

率直に意見を伝えるべきなのか、それとも……。

そう悩みながら、ランドルフはエルナに『仮』新婚生活を持ちかけたときのことを思い返そうとする。

はたして妻が理解してくれたときはどんなだっただろうか。

「それはですね、ソフィア王妃殿下。その……」

ランドルフは不躾にならないよう言葉を選んで、進言しようとしていたのだが。

「ランドルフ！」

突然、険しい声に呼び止められ、ランドルフはハッとして主の姿を捜した。

なにやら大広間の中央から、アンゼルムがこちらに凄い勢いでやってくる。

「は、なんでしょうか、アンゼルム殿下」

ランドルフは何事かとすぐさま構えの姿勢をとる。

「しばしエルナを借りるぞ」

硬い声で、アンゼルムはそう言い捨てて、足を向ける方向を変える。

「は――」

ランドルフは驚いたまま、固まった。

一体どういうことになっているのか。ランドルフは広間の中央あたりに視線を彷徨《さまよ》わせた。

ランドルフがソフィアと話をしているうちに、マルクスとエルナのダンスが終わっていたらしい。マルクスは他の夫人に掴まっているところだ。

エルナはというと、他の男性の誘い断り、こちらに戻ってこようとしていたらしい。

だが、それを遮るようにアンゼルムがつかつかと苛立《いらだ》ったようにランドルフのもとにやっててきて、アンゼルムは横から攫うように、エルナの手をとってしまう。

「行くぞ、エルナ。しばらく付き合ってくれ」

「きゃっ。え、あの、アンゼルム殿下!?」

強引に手を引っ張られ、エルナは小さな悲鳴をあげた。

「お待ちください。殿下」

ランドルフは引き止めるのだが、アンゼルムは待っていられないと足早に立ち去ろうとする。

エルナは一体どうなっているのか困惑した顔で、こちらを見ている。

「ランドルフ、俺の護衛よりも、おまえは後ろから追いかけてくる令嬢に、適当に話をつけておいてくれ」

主にそう命じられてしまい、ランドルフは唖然とする。

そして、言われるままに振り返ってぎょっとした。

アンゼルムが逃げていく後から、ドレスの間をかきわけるように、ご令嬢たちがついていく様子が見えたのだ。その様は、薔薇を次々に手折っていくような勢いだ。

どうやらアンゼルムと踊るために列を作っていたらしいのだが、なかなか順番が来なかったため、焦れて暴走しているようだ。

「あーん、殿下！　つれないですわ。お待ちください」

「あなた邪魔よ。私が先に並んでいたじゃない」

「ま。あなたこそ、下品じゃなくって？　きちんと順番を守ってくださる？」

「ちょっと！　足を踏んでいるわ。どけなさいよ」

「んまぁ！　本当にあなたは選ばれたご令嬢ですの？」

……などと、ちょっとした諍いが発生していた。

(なるほど、エルナを盾にして、彼女を相手にしていれば、なんとか避けられるとお考えか)

些《いささ》か不満ではあるが、騎士であるランドルフには主の命令を無視することはできない。

アンゼルムはエルナを頼ったのだ。そんな相手に手荒な真似はしないだろう。今はとにかく自分の任務を優先しなくてはなるまい。

エルナのことが気がかりだったランドルフだが、そう言い聞かせ、令嬢たちの間に立ちはだかった。

「ご令嬢の方々、どうか落ち着かれてはいかがか。このような状況では怪我をしかねませんよ」

なるべく冷静沈着に心がける。声を荒らげて説き伏せることも、力づくで摘みだすこともできるが、そうしてしまえば、令嬢たちの熱がさらに活気づいてしまうだけだろう。

ランドルフの思惑は成功だったようだ。令嬢たちは自分のはしたなさに我に返ったらしい。散り散りに戻っていく姿が見られた。しかしそれもまだ一部である。

「あら、素敵な騎士の方。聞いてちょうだい。もう、殿下ったらつれないんですもの」

明らかにふらふらと酔っぱらっている女性が、ランドルフの腕に掴まろうとする。

ランドルフはなんとか彼女の肩をそっと押し返し、広間へと案内する。

「ねえ、あなた、あとで誘ってくださらない？」

「私は任務がありますゆえ」

「お仕事が終わってからよ。今夜は長いもの」

「……私には愛している妻がおりますゆえ」

「あら、もう～つまらないわねぇ」

ランドルフは主君を護るために令嬢たちの諍いをなんとか止めながらも、やはりエルナとアンゼルムの行方が気にかかって仕方ない。

これ以上の衝突があれば、やむなく追い返すほかないだろう。

そういえばソフィアが近くにいたのだった。ランドルフはひとまず他の近衛兵や新人騎士に令嬢たちのことを任せて、ソフィアが巻き込まれないように誘導することを優先した。

「ソフィア王妃殿下、こちらは人が多くて危険ですから、陛下のお側にお戻りください」

ランドルフが声をかけたものの、ソフィアには覇気がない。

「あらあら。仲睦まじい様子。妬けてしまうわね」

ソフィアはアンゼルムとエルナが去った方を眺めるようにして、またさっきのようにため息をつくばかりだった。

妬けてしまうという点では、ランドルフも心の中でソフィアに同調する。

我が愛しの妻は、とにかく王族の男性陣に可愛がられる。誇らしい気持ちになるのと同時に、独占欲がじりじりと胸を焦がすのも否めない。

娘にエルナをとられるだけではなく、マルクスやアンゼルムにもエルナをとられ、任務の最中は手も足も出せない。また沸々と欲求不満が高まっていくのを感じてしまう。

(私もまだまだ……修業が足りんな)

ご令嬢の押し合い圧し合いを受けとめながらソフィアをマルクスの元に届けたあとも、アンゼルムにエルナを連れられていった光景が目に焼き付いて離れなかった。

こんなにも早く任務が解かれればいいと思ったのは、騎士になってから初めてのことかもしれない。

♠
♠
♠

アンゼルムに手を繋がれたまま必死に走ってどのくらい経過しただろう。

エルナはとにかく言われるままアンゼルムについていくので精いっぱいだった。

しかし男の人の足の速さに追いつくのは難しく、息が切れて仕方ないし、足がもつれてしまう。

「……きゃっ」

靴が脱げてしまい、転んでしまいそうになるところ、アンゼルムが支えてくれる。

「大丈夫か。来い。そのまま抱いてやるから、待っていろ」

アンゼルムがそう言って靴を拾い、そのまま軽々とエルナを抱き上げてしまった。

「まっ……待ってください。殿下、まさか……このまま外に出るのですか？」

「仕方あるまい。誰かに捕まるのはごめんだ。悪いが、もうしばし付き合え」

そう言われてしまえば抵抗するすべもなく、アンゼルムの腕におさまったまま、エルナは宮殿の外の景色が変わるのを見る。

夕陽が大きく地平線を割って、まもなく沈もうというところだ。

茜色と藍色に染まる空には小さな星が瞬き、弓のような月が輝いている。少し赤みがかったその月の色は、アンゼルムの髪の色にも似ていた。

ふと、彼を見上げてみる。口元は凛々しく引き結ばれたまま、ただ黙々と歩いていくだけ。

(……こんなことになってしまうなんて)

ランドルフ以外にこうして抱かれたことは、兄のハインツ以外にない。たとえ意識した相手でなくても、男性の逞しい腕に抱かれていたら、緊張せずにはいられない。

そのまま二人は宮殿の外に出て、庭園を突っ切るようにして、東屋《あずまや》のあるところへ移動してきた。ぐるりと人気のないところを探し歩くうちに、中庭の噴水のある場所、ミンディア妃の石像が見えるあたりで、アンゼルムの足がようやく止まった。

「なんとか逃げきったな」

アンゼルムは回廊を見回る兵や、燭台《しょくだい》の灯りがちらちらと瞬くのを見つつ、大きめの木々が植樹されている場所へと移動し、やれやれとため息をつく。

彼の額にはうっすらと汗が滲んでいた。ただ走るだけならともかく、エルナをずっと抱いていたのだ。いくら剛腕の男性でも相当疲れるだろう。

顔を上げると、視線がばちりと合ってしまった。

アンゼルムはすっと視線を逸らし、エルナをそっと腕から放した。

「……悪い。おろすぞ」

「は、はい。ありがとう、ございました」

エルナは礼を言い、ドレスのめくれ上がっていた裾を丁寧におろした。

「おまえが礼を言うのか。俺が付き合わせたんだろう」

アンゼルムがふっと口端を上げる。

思わずエルナは、その笑顔に惹きつけられる。

いつも仏頂面を浮かべている彼だからこそ、素敵に見えるのだろうか。

でも、やっぱり、いつも笑顔でいてくれたらいいのにと願わずにいられない。

しかし、そんなエルナの願いもむなしく、すぐに彼は表情を曇らせてしまった。

「とんだ誕生祭になったものだな。こんなことは、あとにも先にもないぞ。まったく、兄上は何を考えておいでなのか。俺ひとりの為にここまでする必要があるとは思えん」

アンゼルムは、もううんざりといったふうにため息をつく。

(どうしよう。このままではいけないわ)

なんとかアンゼルムが前向きになれるよう、エルナは必死に策を思い巡らす。

「きっと、陛下はこの日が今までで一番の素敵な日になるように、考えていたのだと思います」

「まったくはた迷惑なことだ。次から次へと……俺は、いつまで相手をしていればいいというのか」

そう言い、アンゼルムは苛立たしげに、髪を掻き上げる。

「で、でも、今夜のことを納得してくださって、ダンスもちゃんと踊ってくださったということは、アンゼルム殿下も花嫁になられる方を望んでいらっしゃるということですよね？　どなたか少しでもいいなと思う方はいませんでしたか」

「いや、ないな。どれも同じ顔にしか見えん」

アンゼルムは辟易した顔で、きっぱりと言い切った。見ていて感じてはいるものの、女性をひとりひとり認識しようという気はないらしい。

「な、中にはきっと素敵な方もいると思うのですが……あんなにたくさんの方がいますし、舞踏会はこれからずっと夜通しですもの」

「夜通し、か。やめてくれ。気が遠くなる」

「そんなことおっしゃらないでください。せっかくの機会なのですから、楽しんでみてはいかがです？」

「なら、逆に聞こうか。おまえならどうだ。用意された者の中から、選べと言われて選べるか？　ランドルフのことはどうして好きになった」

アンゼルムから鋭い視線を向けられ、エルナは言葉に詰まった。

「それは……ずっと側にいて、憧れていて……いつからか、好きになっていたんです」

エルナは訥々《とつとつ》と本音を伝えた。

どう返答すればよいか困ったが、自分の気持ちをごまかすことはできなかった。

するとアンゼルムは腕を組んで俯き、宮殿から姿が見えないように木の幹に寄りかかった。

しばし沈黙が流れ、エルナは辺りを見渡した。

中庭の少し先には温室の薔薇園やハーブ園がある。おだやかな風に吹かれ、ふわりと甘やかな香りが漂う。

すぐ側のロトンダ式の白いガゼボは幻想的な美しさをもって浮かびあがり、藍色に染まっていく空に張りついている月とのコントラストがとても綺麗だ。

そんなロマンチックな夜なのに、アンゼルムはいつになっても浮かない表情のままだ。

しばし黙っていたアンゼルムは、重たい口をようやく開いた。

「いつからか……か。そういうものだろう。短期間に見初めて好きになれと言われても困るんだ。無論、地位と名誉を欲しがるご令嬢なら構わんのだろうが、俺はそういう女には興味がない。だいたい、人となりを見ようとせず、最初から振るいにかけられ、残った者の中から好きになれと押しつけるのでは、選ばれた者も、そうでなかった者にも失礼な話だろう」

エルナはその言葉を聞いて、目が覚めるような想いでアンゼルムを見つめた。

そんなエルナの視線を感じとったアンゼルムはむずがゆそうな顔をして、眉根を寄せた。

「なぜ、そんな顔をしている」

「いえ。その、とても意外でした。殿下は……ご自分で、たったひとりの運命の相手を見つけようとしておられたということですよね？」

アンゼルムは運命の相手、という言葉に目を瞠り、焦ったように口を挟んできた。

「そういう言葉で片付けるのは、俺は好きではない」

「ごめんなさい。どう申し上げたらいいか……」

エルナが恐縮しきっていると、アンゼルムはため息をついた。

「……王族が、早々に妃を娶るのは当然のことだ。複数の寵姫を囲ってもおかしくはない。だが、兄上はそうしたくないと考えている。どうしてもソフィア王妃殿下だけを側に置きたいのだろう。だが、なかなか懐妊に至らない。だから、俺に責務を分けようとしたということも理解できなくもない」

そう言い、アンゼルムは額に垂れかかった赤茶色の髪を掻き上げる。

「何も拒絶ばかりしたいわけじゃない。俺は、妾《めかけ》だった母が苦労していたことを知っている。遠い昔、正妃の子と妾妃の子と優劣をつけたがった臣下たちの目にさらされていたことを……俺は一度たりとも忘れたことはない」

アンゼルムの表情にだんだんと翳《かげ》が帯びる。

彼が心に抱えてきた痛みのすべてを知ることはできない。けれど、きっと多くのことを見て、思うところがあったのだろうということはエルナにもわかった。

そんな話を聞いてしまうと、ますます何も返す言葉がなくなってしまう。

「いつか、夢中になれる女ができるのは悪くないと思っている。だが、俺が迎え入れるのは、後にも先にもたった一人だけだと決めている。そう考えれば、慎重にならざるを得ないだろう」

「アンゼルム殿下……そんなふうに、お考えだったのですね」

「他の者には言うなよ。兄上には特に絶対だ」

アンゼルムはきまり悪そうに言い、頬を赤くする。

マルクスの実は一途な面や、アンゼルムの実は真面目な面に。王子時代の兄弟を想い返しながら、エルナは思わず目を細めた。

きっと、マルクスもアンゼルムも王室のことをよく考えている。無用な争いを避けるためにも、誰かを傷つけてしまわないためにも、一人の女性に真摯でありたいと思う気持ちは、共通していることだろう。

エルナはそこまで考えて、ようやくマルクスが依頼した一連の内容の意味が理解できた気がした。

王はこれから先の未来を案じている。自分たちの現在ではなく、これから先の国の行方を。

かつては諍いのあった兄弟だが、今は言葉にしなくても、たとえ考え方が違っても兄弟の目指す未来はいつも同じところにあるのだ。

そう思ったら、たちまち胸に熱いものがこみ上げてくるのを感じてしまった。

「それなら、なおさらです。殿下が大切にしたいと思われる女性ができるまで、私、力になります」

エルナはアンゼルムを励ましたくて、そう言ったつもりだ。

しかしアンゼルムは怪訝な顔をする。

「失敗だな。おまえにも余計なことを言った」

照れたようにアンゼルムはそう言い、それから思い出したかのように口を開いた。

「そういえば、グライムノア公爵夫人は……あどけない少女のような見た目によらず、積極的なところがあるんだったな」

いじわるな視線を感じて、エルナは目をぱちくりとする。

「え？」

いやみを言われたのだということだけはなんとなく伝わるが、具体的には何のことかわからず、エルナは首を傾げた。

「覚えていないのか？　もうずいぶんと前にはなるが、俺が邸に邪魔したとき、ひどい格好で出てきたことがあっただろう。ランドルフが固まっていた」

自分が言い出したことなのに、アンゼルムが急に照れくさくなったらしく、ふいっと視線を逸らし、頬を微かに染めた。

その表情を見て、エルナはそういえば、と当時のことを思い浮かべた。

あれはまだマルクスが王位を継ぐ前、即位式のちょっと前だったと思う。王子たち二人の和解をきっかけに、アンゼルムとランドルフが親しくなったのだが、ある日ランドルフがアンゼルムを邸に連れてきたことがあった。

その頃、エルナはイレーネから王宮に呼ばれ、新婚夫婦を盛り上げるために色っぽいナイトドレスを着たらどうかと提案され、ほとんど透けた素材のナイトドレスを身にまとい、ランドルフの帰りを待っていたのだ。

使用人たちに言伝を残し、自分がランドルフを出迎えることにして、いざ玄関のドアが開いた瞬間、エルナがはじめに対面したのは夫の方ではなく、アンゼルムだった。

扇情的なナイトドレスを着たエルナを目にしたアンゼルムは、今のようにさっと視線を外して顔を赤らめ「どういう趣向だ」と困惑していた。

そしてランドルフはというと、狼化する前に石化していたのだった。

(そういえば、そんなことが。ランドルフったら慌てて私に上着をかけてくれたのよね)

急に、昨日のことのように蘇ってしまい、顔がかぁっと熱くなる。今が、薄暗くてよかったと思ってしまった。

「は、恥ずかしいです。どうしてそんなことを今……二年も前のことではないですか」

「それほど強烈だったんだから、仕方あるまい」

「うっ……」

「何にしろ、男が喜ぶ術を知っている女は強い、と思ったんだ」

「あ、あれは……私だって、そんなつもりでは……色々と、その……忘れてください」

あのときのことはもちろん、そのあとのランドルフとのめくるめく官能的な夜のことまで思い出し、耳まで熱くなってきてしまう。

アンゼルムはエルナの照れた顔を見て、ふっと笑みをこぼした。

「それをソフィア王妃殿下に教えてやればいい。そしたら俺もこんな舞踏会などに身を興じていることもなく楽になれる」

「で、でも……」

「女のやかましく騒ぎ立てる声はしばらく聞きたくない」

今夜の舞踏会は逆効果だったのだろうか。

すっかりアンゼルムは閉塞的になってしまったようだ。

話を聞いて彼の意志はわかった。それを尊重することなく押しつけていたのでは、いい女性を見つけるどころか、女性嫌いになってしまうのではないだろうか。

かつて、エルナも男性嫌いになりかけていたことがあるから、少しはアンゼルムの気持ちもわかるつもりだ。

でも、エルナもそれは間違いだとあとになってわかったのだ。怖れや誤解が先だってしまっているだけで、その人のことを見ようとしなかっただけなのだということを。

無論、誰でもいいわけではない。きっと心を動かされるような人が現れるはずだと思う。でも、それは接してみなければわからないこと。運命の相手がいると信じているのなら、いつか見つけられるかもしれない。そのきっかけになればいいと思うのだけれど。

「あの、私も説明が上手ではなくて、ごめんなさい。でも、素敵だと思う人が側にいると、ドキドキしたり安らいだり、自分の笑顔が増えたり、周りが輝いて見えたり、世界がやさしく変わって見えるんです。それを経験しないでおくことはもったいないと思います」

「……世界がやさしく変わる、か。おまえは、ランドルフによほど惚れているんだな」

「はい。大好きな……自慢の夫です」

エルナは力強く頷く。アンゼルムは遠い目をして、寄りかかっていた木から身体を離した。

「……そういう女に出会えれば、俺も少しは変わるかもしれんな」

「きっと、出会えますよ。ですから……」

エルナが引き続き盛り立てようとしたところ、アンゼルムは何かを見つけたらしく、急にその場に屈み込んだ。

「これは、エルナ、おまえにやろう」

そう言って、アンゼルムが差し出したのは、一輪の瑠璃色の花だった。

「私に？　このお花は……えっと」

「ネモフィラの花だ。城より北東部の高原に咲いている。なぜここに一輪だけ咲いていたのかはわからんが」

「風に吹かれでもして、種が迷子になってしまったのかしら？　それとも鳥が届けてくれたとか……」

「それはまた……王妃殿下がおっしゃっていたコウノトリと一緒の発想だな」

アンゼルムがやや呆れたように言うので、エルナは肩を竦めた。

「まあ、違いないだろう」

と笑って、アンゼルムは花びらにそっと指を滑らせた。その仕草が思いがけないほどやさしくて、ドキリと鼓動が跳ねる。

(こんな顔ができる人だもの。恋ができないわけないわ)

「一輪だけここにあっても、庭師に摘まれてしまうかもしれない。どうせなら、部屋にでも飾

ると いい」

「そうですね。ありがとうございます。アンゼルム殿下」

瑠璃色のネモフィラの花は、夜でもはっきりと美しい色が見える。

高原の丘いっぱいに咲き誇っている青いネモフィラの花々を想像すると、それだけでも感嘆のため息がこぼれる。

「見てみたいわ。たくさん仲間が咲いているところ……」

「ならば、今度……」と言いかけて、アンゼルムはハッとしたように口を噤んだ。

「え？」

「いや。何でもない。さて、と。そろそろ戻るか。要らぬ心配を与えては、また面倒になる」

「あ、そうであれば、私、いったんお部屋に戻って、お花を飾ってきます」

「そうか。俺は先に戻っているぞ」

アンゼルムは屈託なく微笑むと、「ではな」とマントを翻し、エルナに背を向けた。

彼はやはり冷たい人ではないのだ。愛情がないとは思えない。

いつかは愛する人ができたら、その女性のことをとても大切にするだろう。

（お花、とてもやさしくていい香り……）

どうか、アンゼルム殿下にも素敵な女性が現れますように。

エルナは心からそう願った。

♠
♠
♠

「殿下はいったい、どちらにいらっしゃるの」

「あと少しで、私の番でしたのに」

「あなたたちが押しかけるから、殿下は疲れてしまったのよ。察して差し上げればいいのに」

「ま、あなたこそ迷惑がられていたじゃないの。偉そうなこと言わないでくださる？」

大広間では令嬢たちの悲喜交々《ひきこもごも》とした会話が入り乱れ、主役が中座したまま戻らない状況にだんだんと不満が高まってきたようだ。

(まだ殿下は戻られないのか。そろそろこの状況も……限界だろう)

ランドルフは側にいた騎士に声をかけた。

「しばし広間を離れる、あとのことを頼む」

「はっ。お任せください」

騎士は即座に返事をした。

ランドルフは広間をいったん出ることにする。

それから中央のらせん階段のあたりまで目指すように長い廊下を歩いていると、いつの間に抜け出していたのか、マルクスが窓の外を眺めていた。

何か考え込んでいる様子が気になったので、ランドルフはすぐにマルクスの側に近づいた。

「これは、まずいことになったたな」

マルクスがそう呟く。

「何か問題でも？」

「あれを見てごらん。ランドルフ」

呼びつけられて窓辺から下を覗けば、アンゼルムとエルナが二人で過ごしているのが見えた。しかも、想像している以上にとても親密な空気を漂わせている。

その事実を見せつけられ、ランドルフは衝撃を受ける。

「以前から薄々感じていたんだが、アンゼルムは……エルナを気に入っているのではないか？それも、ここ最近というわけじゃない。けっこう前からのような気がするんだけれど」

その言葉を受けて、ランドルフは猟犬並みにビンと素早く反応した。

「思い当たることがあるのかい？」

マルクスが尋ねてくる。

ランドルフはすぐに答えられなかった。完全にないとは言えないからだ。

これまでもエルナとアンゼルムの接点はあった。邸に訪ねてきたとき、王宮で会ったとき、それ以外にも。アンゼルムのエルナに対する態度は、他の者に対する雰囲気とはまるで異なり、心を許しているような、おだやかな表情をしているように思う。

今までそれは、ランドルフと一緒にいるからだと思っていたが、そうではない。

エルナが側にいるからだ。

（いや、まさか。殿下はそのような……）

これは任務だ。アンゼルムに限って、人の妻に手を出すような真似をするわけがない。

今回の花嫁探しの場にうんざりして、癒しが欲しくなっただけだろう。

しかし、なぜエルナを連れて出ていく必要があったのか。

いや、令嬢の中から誰か一人を選べば、目に止まったのだと誤解を与えかねない。

他の者を不公平にしてはならないとお考えになったのだろう。

とにかく、エルナは今回のことに関係しているのだから、頼って当然だろう。

悶々と考え込み、なんとか言い聞かせようとするランドルフを尻目に、マルクスは顎に手をあてがい、うーんと唸《うな》る。

「どんな人間でも、新婚の蜜月が過ぎて落ち着いてくると、他の異性に目がいくことがあるという。それは致し方ないよね。本能なのだから。でも、そこに情があれば、情を優先するのが人間だ」

「エルナに限って、移り気になることはありません。彼女は一途な女性なのですから」

「果たしてそうかな？　娘を優先されていただろう？」

「それは……致し方ないことで……」

「アンゼルムの方に気があった場合はどうかな？　エルナは心のやさしい子だ。想いをぶつけられれば、絆《ほだ》されてしまうこともあるかもしれない」

「……そ、それは、エルナのやさしさについては……否定しませんが」

「おまえも情熱で押し切ったところがあるのではないか？」

「っ……」

ランドルフは言葉にならない。

「それに、アンゼルムもあれでいて女性に対しては純粋なところがある。素直な心を持ったエルナに惹かれてもおかしくはない」

うんうん、とマルクスは頷いてみせる。

「さっきのは、ある意味宣戦布告では？　おまえから奪うつもりとか」

極めつけの言葉に、ランドルフはついに居ても立ってもいられなくなってしまった。

「陛下は何をおっしゃりたいのですか」

「ごめん。おまえを煽《あお》るつもりじゃなかったんだけど。もう行っていいよ。ランドルフ。おまえは今アンゼルムの近衛騎士なのだから。きちんと主に真意を確かめてみてはどうだい？」

「申し訳ありません。今のところは……お言葉に甘えて失礼します。陛下」

ランドルフは即座に首を垂れ、踵を返した。

「やっぱり、こうでないとね」

マルクスが愉しげに笑ってそんなことを言っていたように聞こえたが、ランドルフにはもはや前しか見えなかった。

脳裏にはエルナとアンゼルムの楽しそうな様子がちらついた。一瞬でも似合いのシルエットだと認識してしまった思考を散らすように、エルナがランドルフに向けてくれる笑顔を必死に思い浮かべた。

急ぎ、エルナとアンゼルムの元に向かったランドルフは、先にアンゼルムの姿を見つけて、駆けつける。

「殿下、戻られたのですね」

「あぁ。心配かけたな。エルナなら、今は部屋にいる」

「部屋、ですか」

ランドルフは拍子抜けしてしまった。

ところが、逆に要らぬ疑惑が浮かんでしまう。まさか部屋で二人は何をしていたのか。

「アンゼルム殿下は、私の妻を送って下さったのですね」

「いや。途中で別れたんだ。すぐにこちらに戻るだろう」

「そうでしたか」

ランドルフがホッとしつつも険しい顔をしたままでいると、アンゼルムが不思議そうに見つめてくる。

「なんだ？　気にかかるなら、迎えに行くといい。兄上からも仰せつかっているんだ。このあとは、他の者に任務を交代するようにとな。今ならちょうどいい時間だろう。少し二人で休むといい」

「よろしいのですか？」

「ああ。助かったよ。ちょうどいい気分転換にもなった。エルナにもそう伝えておいてくれ」

アンゼルムが微笑む。その顔を見て、ランドルフは驚いた。こんなふうに穏やかな表情を見たのは一体いつぶりだろうか。そんなにも彼にとってエルナの存在は大きいということなのだろうか。

(何を考えている。主と妻の関係を疑うようなことを……しかし)

ランドルフは何も言うことができなくなり、恭しく頭を垂れるだけだった。

しかしアンゼルムが立ち去ったあとも、胸にくすぶるものはいつまでも解放されない。エルナをこの腕に抱きしめて捕まえて、閉じ込めておかなくては、安心することなど到底できそうにない。

(君は……私だけのものだ。エルナ。そうでなければ、許さない)

すぐさまランドルフは任務の交代を任せると、激しい熱情を胸に灯したまま、急ぎエルナの元へと向かうのだった。

第4話　嫉妬は最高のご馳走

バルコニーの窓から夜空を眺めると、琥珀色の月が煌々と輝いていた。

エルナはアンゼルムからもらったネモフィラの花をさっそく花瓶に移し、瑠璃色の花びらをくすぐってみた。

すると、ふわりと清廉《せいれん》な香りが漂い、目覚めるような青に魅了される。

(そうだわ。花言葉はなんていうのかしら？　素敵な意味がありそうね)

しばし癒されてから、ランドルフのことを思い浮かべる。さっきアンゼルムと一緒に過ごしたときの様子を報告しようと考えついた。

そしてすぐ、アンゼルムのきまりわるそうな赤い顔を思い返す。

(そういえば、誰にも言わないように止められていたんだわ。でも、この花のことなら……)

うれしい気持ちになって、さっそく部屋を出ようとしたら、ドアの方が先に乱暴に開き、エルナは飛び上がるほど驚いた。

「きゃっ」

部屋の中に入ってきたのは、ランドルフだった。

「びっくりしたわ」

エルナが胸に手を当てていると、ランドルフが我に返ったような顔をした。

「エルナ……ごめん、君の姿をずっと探していたんだ。ここにいて良かった」

「あ、アンゼルム殿下から聞いたのね？　私の方こそ、ごめんなさい。急にいなくなったから、心配させてしまったのね」

シュンとして謝ると、ランドルフはエルナの頬にそっと手を伸ばした。

「任務の交代があったものだから。これから二人で休憩していいとお許しをいただいた」

「ほんとう？　それじゃあ、私たち、これから一緒に過ごせるのね」

エルナは喜んで、笑顔を咲かせた。

「ああ」と頷き、ランドルフがエルナを抱き寄せてくれる。

エルナもランドルフの背に腕を回し、ぎゅっと抱きしめ返した。

すぐに離れるのかとおもいきや、ランドルフの腕が強まる。その力は痛いくらいだった。

「ランドルフ……苦しいわ」

「ああ、ごめん。つい……君が綺麗で、可愛いから。今日は特に、片時も離れていたくないと、思ってしまったんだ」

ランドルフの熱っぽく濡れた瞳に囚《とら》われたエルナは、なんともいえない愛しさに胸がきゅっと締めつけられるのを感じた。

「私も、あなたの側にずっといたいって思うわ」

育児の間に封印されていた夫への激しい恋心は、その封印を解いてしまった今、とめどなく溢れていくばかり。

二人きりの時間を大切にするということは、考えている以上に必要なことだったのだと思う。奇しくも、アンゼルムと話をして、自分の方が大事なことを見つめ直せた気がした。

「さっきの、アンゼルム殿下の様子はどうだったんだい？」

「ええ。色々思うところがあったみたいで……あ、そうそう。殿下が、私にお花を下さったの」

エルナは弾かれたように顔を上げると、ランドルフの手を引っ張っていき、白い漆塗の花瓶に飾ってあった花を見せた。

「ネモフィラの花よ。一輪だけ庭園の隅に咲いていたの。可愛いでしょう？」

エルナがにこやかに問いかけると、なぜかランドルフは衝撃を受けたように固まってしまった。

「あの殿下が、エルナに……花を？」

「そうよ。私も最初は驚いたわ。まさかアンゼルム殿下がお花をくださるなんて。とっても嬉しくって……」

さっきまでの光景を思い返しながら、エルナは一気にまくしたてる。

「……そう」

と、ランドルフは一言だけ。嬉しい気持ちを共有してほしくて、エルナはさらに続けた。

「ネモフィラの花言葉、あなたは知らない？」

「いや」

「じゃあ、イレーネ王女殿下やソフィア王妃殿下に聞いてみようかしら。それとも、博識なマルクス陛下がご存知かもしれないわ」

ランドルフはとうとう黙り込んでしまった。そして花びらを見つめて、エルナの方を見る。

その表情は憂《うれ》いを帯びていた。なんだか様子が変だ。さっきから妙に言葉が少ない気がする。

「どう、したの？　ランドルフ。なんだか……元気がないわ。もしかして、疲れてしまった？」

心配になって顔を覗き込むと、ランドルフは首を横に振った。

「いや、あまりの人の多さで、香りに酔ったのかもしれない。だが、平気だよ。ところで、その花の色は、君の瞳にそっくりだね」

ランドルフはそう言い、澄んだ青い花びらをそっと指でなぞる。

「そう、かしら？」

褒めてもらえたことが嬉しくて、エルナは頬を緩ませる。

「そんなに嬉しいかい？」

ランドルフは花を見下ろしたまま、こちらを見ずに訊ねてきた。

「それはもちろんよ。お花を贈られて嬉しくない女性はいないわ。何より、あのアンゼルム殿下に心を開いてもらえたことが嬉しいって思ったの。きっと殿下なら、素敵な方が見つかるわ」

「……そうだね。君の努力の成果だ」

穏やかに答えるランドルフだが、こちらをちっとも見てくれないのが、気にかかった。彼の横顔はさっきから感情を灯していないように思える。

「ランドルフ、ねえ、あの夜みたいに、私と踊ってくださらない？」

不安になったエルナは、ランドルフの上着の裾を軽く引っ張って、彼の注意を引く。

すると、ランドルフはようやくこっちを向いてくれた。

「そうだね。せっかく綺麗な格好をしているのだから」

そう言い、ランドルフが微笑んでくれる。エルナはようやくホッとした。

「しかし、私はこのままでもいいかい？」

「いいわ。私、あなたのその姿がとても格好良くて好きなの」

エルナが心から告げると、ランドルフは目を細めるようにして、エルナの肩を引き寄せた。

「じゃあ、おいで。バルコニーに出て、あの夜みたいに……しようか」

耳元で甘く囁かれ、エルナは至福の悦びに身体を震わせる。

「ええ。ここの部屋からもワルツの演奏が聞こえてくるはずよ」

甘えるように身を寄せると、ランドルフがバルコニーの窓を開けてくれる。エルナが外に出ると、思ったとおり宮廷楽団の奏でるワルツの音色が聞こえてきた。

しっとりとした穏やかな夜気に包まれ、エルナは月夜を見上げる。風も穏やかだし、これくらいの気温なら外に出ていても身体がそう冷えることもないだろう。

「……芳醇《ほうじゅん》な、いい香りがするね」

ランドルフが後ろからぽつりと呟く。エルナも頷いた。

「薔薇の甘い香りね」

ベルンシュタインもこれから初夏へと季節が移ろう時期である。薔薇の花が咲き誇る今の時季がエルナはとても大好きだ。

結婚する前、ピンクの薔薇がとても似合うと、ランドルフが褒めてくれたことがあった。それをよく覚えている。宮殿の薔薇園も素晴らしいけれど、邸の庭の薔薇もきっと今頃、咲き零れていることだろう。

ネモフィラの花も初夏から夏にかけて咲く花だ。薔薇よりも時期が遅いことを考えると、ちょうどニーナが一歳の誕生日を迎える頃に、満開の見頃を迎えるのではないだろうか。

「私、薔薇も好きだけれど、今度、ネモフィラの花がたくさん咲く丘に行ってみたいわ」

隣に並ぶランドルフを待って振り返ろうとしたそのときだった。

「きゃっ」

いきなり後ろからランドルフに抱きしめられ、エルナはびっくりする。

そのまま、ぎゅっと彼の腕が強まり、身動きが取れなくなってしまった。

「ラ、ランドルフ？」

「その話は今はしないで欲しい。やっとふたりきりなんだから、私だけのことを考えてくれないか」

ランドルフの低い声が鼓膜をくすぐり、エルナのむきだしになった耳にキスをする。

「んっ……ランドルフ」

熱い吐息が触れて、湿った音が響くと、ぞくっと肌が粟立った。

その官能的な調べに、心臓の音がたちまち早鐘《はやがね》を打ちはじめる。

「すごい心臓の音だ。どうしてかな？」

揶揄《やゆ》なのか、意地悪なのか、声色からは判断できない。

彼の顔が見たくて身体を捻ろうとすると、それを先回りするようにドレスの組紐をほどかれてしまい、エルナは驚いた。

「きゃ……んっ……！」

うなじにキスをされて、エルナは思わず声をあげてしまう。

身じろぎする間もなく、いきなり強引にドレスを脱がされたせいで、白い胸がふるりと押し出されるようにして露わになり、その滑らかな双丘が月光の下にさらされてしまった。

息をのむような声が聞こえる。

「きれいだ。エルナ……とても魅力的だよ。これでは、男が放っておかないはずだ」

ランドルフの手に乳房がおさめられる。

さらに彼の指先につんと先端をいじられ、エルナは身悶えした。

「あ、ん……ダメよ、こんなところで……っ」

「どうしてだい？　私はあの夜みたいに……しようって言ったはずだよ」

誘惑するような低くて甘い声にドキリとした。

ああ、さっきランドルフが言っていたことはそういうことだったのだ、とエルナは今さらに気付く。

「わ、私は……あなたとダンスを踊るつもりで……いたのに」

エルナは恥ずかしさのあまり顔に熱が集まるのを感じた。

「君が火をつけたんだから、もう遅いよ」

後ろから伸びてきた無骨な手に乳房を揉み上げられ、エルナは戸惑いを隠せない。

「そんなっ……でも、……は、んん、待って、こんな……ところで。見られ……ちゃうわ」

ランドルフの手はいつになく強引にエルナの胸を揉みしだく。その手の温度はとても熱く、指先の強さからは彼の感情が伝わってくるようだ。

もうこのまま逃してくれそうにない。

胸を揉みしだかれているうちに、抗えなくなってきてしまう。

「……ん、はぁ、んっ……」

夫に愛されるのはいやじゃない。ただ、月明りに照らされて白い肌が丸見えなのが恥ずかしいだけで、本音では、もっとして欲しいと身体の奥が熱を帯びるばかりだ。

「エルナ、仮の新婚生活のときのことを覚えているかい?」

ランドルフが耳朶を食みながら、問いかけてくる。

「あっ……仮の、新婚生活……のときのことって……?」

ぶるりと身震いをしてしまった拍子に、声が乱れてしまう。

ランドルフの巧みな愛撫に意識を持っていかれ、頭の中が整理できなくなり、鸚鵡返しに尋ねるだけで精いっぱいだ。

「……私の妻はつれないな。忘れてしまったのかい？」

がっかりしたような冷たい声を聞いて、エルナも悲しくなってしまった。

「ごめん、なさい……教えて。ランドルフ……」

「君から私にキスしてくれたら、特別に教えてあげるよ」

エルナは言われるがままキスしたくて、すぐにも振り返ろうとする。

でも、ランドルフが背中にぴったりとくっついて、させてくれなかった。

「……これじゃ、キス、できないわ」

「いいさ。だったら、このまま、唇を開けてごらん」

言われる通りにしたら、いきなりランドルフの武骨な指が入ってきて、エルナの舌をいやらしくくすぐってきた。

突然のことに驚きながらも、思ってもみない官能的な刺激を与えられ、思わず喉を逸らしてしまう。その間も、ランドルフの指は淫らにエルナの舌を弄《もてあそ》んだ。

「ふ、あ、んぅ……」

「そうだ。舌を絡めて、指をしゃぶって。いつも、私とキスしているときと同じようにしてごらん」

「んんっ……んん」

ランドルフの命令は、甘い媚薬のようにエルナの鼓膜に流し込まれる。

言われるままにランドルフの指に舌を這わせ、彼の舌を絡めるかのように自分の舌を動かした。すると、少しだけランドルフの息遣いが乱れた。

「上手だね。エルナ……君のそういう拙《つたな》いキス、きもちいいよ」

「ん、ん……はぁ……」

感じてくれるのが嬉しくて、エルナは一生懸命に舌を這わせた。

そうしているうちに、身体の中心が熱くなってきてしまう。

ちゅぽっと音を立てて唇から離れてしまった指先は、ぬらぬらと唾液にまみれていて、まるでランドルフがエルナの中を探ったあとのように見えてしまい。淫らな感情がざわりとこみ上げてくる。

「こんなにびっしょりになるくらい、一生懸命にしてくれたんだ。どうして？」

「だって、……はぁ、……そうしたら、教えてくれるん……でしょう？」

「ほんとうに忘れてしまったのかい？　身体は覚えているようなのに、ね」

そう言い、ランドルフが酷薄《こくはく》めいた視線を向けてくる。月光を背中にした彼の表情が影になっていて、それがなおさら冷ややかに見えた。

一体、ランドルフはどうしてしまったのだろう。そんなに忘れてはいけないことがあっただろうか。謝っただけでは済まされないことだけは、エルナにもわかる。

「エルナ……君があんまりにも焦らすから、バルコニーでお仕置きをしたことがあっただろう？」

ランドルフの濡れた指が、胸の先端に擦りつけられ、ビクンっと背筋が震えた。

「あっ……あっ」

もう片方の先端にも同じように擦りつけられ、思わず身体を反らしてしまう。けれど、ランドルフの逞しい背中に弾かれて、エルナはバルコニーの手すりに掴まり、胸を反らすような体勢になってしまう。

「ああ、この胸の先、硬くなってきた。はっきり、月明りに浮かび上がって見えるよ。いやらしいね」

「やっ……言わない、でっ……」

いやいやとかぶりを振ろうとすると、ランドルフの両手が胸のふくらみをわし掴みにするように揉みあげ、さらに濡れた指を先端に擦りつけてくる。

左右に弾かれ、摘まむように擦られ、次々に押しよせる甘美な刺激に、声を出さずにはいられない。

「あ、あん、……はぁ、んんっ……」

エルナはぞくぞくっと身震いをした。

じわり、と蜜が下穿きに溢れるような気配を感じとる。

刹那、エルナの脳裏にランドルフが望んでいるだろう過去のできごとが、ようやく浮かびあがってきた。

あれは、仮の新婚生活がはじまってしばらく経過したときのことだったと思う。愛する人と身体を重ね合うことへの悦びをまだ知らない時期だった。

夫を拒み続けていたある日、王宮のお茶会に誘われたことがあった。マルクスがわざとランドルフを挑発するようにエルナに内緒ごとを囁くから、その夜は大変なことになったのだ。

『ドレスを脱いで、エルナ』

そう言って、怖いくらい性急にドレスを脱がされたことがあった。

『ごめんなさい、怒っているの？　ランドルフ』

『残念ながらもう聞けない。たくさん君の言うことは聞いてきた。夫の気持ちを弄ぶ妻にはお仕置きをしないとね』

そう言い、エルナを淫らに辱《はずかし》め、執拗に愛し、逞しい腕の中に閉じ込めた。

何度も、何度も、エルナが絶頂へと押しやられるまで、彼は執拗かつ情熱的に求め、長らく解放してくれなかったのだ。

『かわいいエルナ。君はずっと私のものだ。誰にもわたさない……』

「ん、はぁ、……あっ……」

そうだった。あの夜も、バルコニーでこうしてランドルフに抱かれていたのだった。

思い出したら、身体の中心が熱くなってきてしまう。

「思い出したかい？」

胸の頂をきゅっと強く摘まれ、びくりと肩が戦慄く。むきだしになった白い肩に、ランドルフの唇が寄せられたかとおもいきや、そこを甘噛みされてしまう。

「あっ……んんっ……はぁっ……」

肩からうなじへとなぞるように唇が這わされていき、最後に、首筋に牙を突きたてるかのように強く吸い上げられる。と同時に胸の頂を押し潰され、身体の中心に熱いものが迸《ほとばし》った。

「ああっ……」

ちゅうっと音を立てて離れたそこに、じんと痺れが走った。

「君の白い肌に、薔薇が咲いた。これは、私のものだという証拠だよ」

いつにない夫からの独占欲に、ぞくりと戦慄く。それは、怖いほどに甘美な調べに感じられた。なぜなら、エルナはランドルフに束縛《そくばく》されるのが好きだ。激しい想いをぶつけられるとたまらなく感じてしまう。

「でも、どうして、今夜は……怒っているの？」

胸を上下させながら、エルナはランドルフに問いかける。

「さあ、どうかな。君はどうして、私が怒っていると思うのかい？　何か思い当たることでもあるのかな」

ランドルフの手がドレスを捲《めく》りあげ、するりと内腿を撫でる。

びくっとエルナが戦慄くと、彼の手がいきなり下穿きの中に入ってきた。

「あっ……だめっ……」

エルナは思わず膝を閉じようとした。が、ランドルフの力強い手に阻まれてしまう。そして彼の長い指先はあっという間に、お目当ての場所へと伸ばされていく。

浅い繁みに隠された花芯をつるりと撫でられた刹那、比べ物にならない鋭利な愉悦が走った。

「ああっ……！」

秘めた窪みからまたじわりと蜜が溢れ、花びらをしとどに濡らしてしまう。その隘路《あいろ》を上下に擦られ、ビクン、ビクンと腰が跳ねる。

「あ、ああっ……っ……」

「これはお仕置きだよ。それなのに、君はいつから期待していたのかな？　もう私の指をのみこんでしまいそうだね」

くちゅ、くちゅと小さな水音が連続で聞こえてきて、エルナはかぁっと顔を赤くした。

そのままランドルフの指は一本、二本、エルナの秘裂を割って入ってきて、濡れた蜜壁をぬちゅぬちゅと掻きまわしはじめる。

「ほら、二本入ってしまった」

「ふ、ああぁ、っ……ん……」

どんどん深く、大胆に、指が捏ねまわされ、いつもよりも荒っぽい動きが、よりいっそうエルナに甘美な快楽を与える。

蜜壁を何度も抉じ開けるように、そして余すところなく触れたがるように、二本の指が中で縦横無尽に暴れている。それにたまらなく感じてしまう。

「いやらしいね。エルナ……ぐっしょりだ。もしも……私以外にも、こんなふうに求められたら、受け入れて……感じてしまうのかい？」

淫靡な水音は激しくなる一方で、ランドルフの指を食いしめる蜜壁は彼を欲しがるように蠢き、中から溢れ出した愛液がエルナの内腿につうっと滴ってくる。

「そんなこと、絶対にないっ……わっ」

「じゃあ、その証拠を見せて。私の指をいっぱい感じてごらん。そうしたら、もう他では満たせないぐらい、気持ちよくしてあげるよ」

言葉はやさしいのに、でも指の動きがいじわるだ。

「……あっ……どうしたら許してくれる？　もう、怒らないで……ランドルフ」

「違うよ、エルナ。私は怒っているんじゃない。君をとられて悔しいんだ」

ランドルフは切なげに言って、指を引き抜くと、寛げた自身をエルナの蜜口にぴたりと押し当てる。

「まっ……」

「エルナ……君は誰にも渡さない。私だけの妻だ……」

心の準備がないまま熱塊を一気に沈められ、エルナは身体を仰け反らせた。その圧迫感はすさまじく、めりめりと蜜壁を開いて最奥にずんっと突きあげられる。

「ああああっ……っ……！」

「はっ……もう、君をずっとこうして繋ぎとめておきたいよ」

ねちねちと逞しい根元までいっぱいに押し広げられ、そのはちきれんばかりの質量に、思わず息をのむと、ごぷりと体内が戦慄いた。

さらに、ずりずりと亀頭を擦りつけられ、あまりの喜悦に涙が吹きこぼれる。

「あ、あっっ……ランドル、フ、……あぁっ……！」

休む間もなくすぐにも挿送がはじめられ、断続的な抜き差しによって臀部が叩きつけられ、乳房は淫らに上下に揺れ、繋がり合っている部分からは淫らな音が立ちはじめる。

休みなく彼の怒張に貫かれるたびに、それこそがランドルフにお仕置きをされているみたいだった。

「君の中、熱い……私のものを飲み込んで、こんなにも蠢いて……くっ……」

「あ、あっ……ん、ああっ……」

「私に、半ば無理やりにされているのに、君は……感じるのか」

腰を引き寄せ、突き上げながら、ランドルフは責め立てる。

「はっあん、……だって、……ランドルフが……好きっ……だから」

「もう、君って子は……いつになっても私を……っ……困らせるんだ」

顎を掴まれ、少し後ろを向かされ、唇を奪われる。

「んっ……んっ」

口腔に入ってきたランドルフに舌を絡めとられ、激しく唇を貪られながら打ち付けられると、上も下も熱の捌《は》け口を失う分、甘美な愉悦がよりいっそう中に溜まっていくみたいだ。

「……んんっ……ふ、あっ」

「私がどれほど君を好きか、もっとちゃんと感じるんだ。エルナ、いいね？」

ランドルフの剛直がずぷずぷと波打つように押し込まれて、エルナは背筋を弓なりに反らす。その弾みを使って、ずんと突きあげられ、瞼の裏が明滅した。

「ああっ……！」

奥がひくひくと痙攣をしていた。結合部分までもが物欲しげに震えている。執拗に腰を押し回され、がくがくと身体が震える。

「我慢しているんだろう？　いいんだよ。言ってごらん、気持ちいいんだって。おねだりするんだ。ほら」

「あ、あ、気持ちいいの。もっと……はぁっ……ランドルフっ」

「どこに欲しいんだ」

「あなたの、奥に欲しいのっ……」

「ここが好きだろう。奥をぐりぐりされるのも。同時に……ここを弄られるのも、君はとても好きなはずだ」

感じる場所を亀頭に擦られて、ざわりと全身が粟立つ。次には抜き差しが速くなり、濡れた襞を擦られる感触が、次第にエルナを絶頂へと導きはじめる。

がくがくと膝が震え、それ以上されたら、立っていられないかもしれない。

「あ、あんっ……はぁ、……あぁっ……感じてるわ、ああっ……すごくっ……いいのっ」

「……くっつ、絡みついてくる……はっ。やっぱり、こうされるのがいいんだね」

手すりについていた手を後方へと引っ張られ、その弾みでよりいっそうランドルフの屹立を深くまで受け入れてしまう。

「ひっあっ……ああっ……」

穿たれた奥から熱いものがしぶきをあげ、内腿に滴ってきた。

「は、……エルナ、気持ちよくて、潮を吹いてしまったのかい？」

「あ、あ、っ……や、あっ……言わないでっ」

「私にだけ、そうして感じるんだよ。約束してくれ」

「ふ、あっ……する、からっ……」

もう、何も考えられない。

聞こえてくるのは互いを求め合う淫らな打擲音《ちょうちゃくおん》と、愛しい夫の息遣いだけ。

ランドルフの腰の動きがいっそう速まり、断続的な挿送はより間隔を狭めていき、荒々しくなっていく。中で質量をたたえた彼のものがより硬く張りつめ、もう限界が近いのだということが伝わってくる。

「ふ、あああっ……イっちゃうっ……ああっ」

「つくっ……エルナ……はっ……っ」

そして遂に、ドクッと中で爆《は》ぜたランドルフの精が、勢いよくエルナの最奥へと注がれ――それによってエルナはめくるめく絶頂へと押し上げられていった。

身体はビクン、ビクンと痙攣を引き起こし、まるで雷にでも打たれたかのように全身が痺れている。

ふっと腕を解放され、エルナは脱力する。ランドルフはそんなエルナの腰を掴み直して、最奥におさめたままの屹立を種付けするかのように擦りつけてくる。

「……っ……君は、ほんとうに可愛くて……だから、私はいつまで経っても……心配なんだ」

ランドルフの息が切れている。それほど激しい交わりだったことを示しているようだ。エルナも手すりに掴まるのがやっとだった。

「……はっ……あっ……はぁ……はぁ……」

心ゆくまで味わい尽くした屹立がごぷりと引き抜かれる。エルナの中から互いに交わった熱の残滓《ざんし》が滴っていった。

ようやく抜け出ていったランドルフが、手すりにしがみつくエルナを抱き起こしてくれる。

そして、彼の腕に乗せるように抱き上げてくれた。

「……ベッドに行こう。身体が冷えるから」

言葉はやさしい。愛情を感じられる。でも、まだランドルフから邪気が抜けきっていない。

エルナはランドルフの胸に頬を寄せた。やっぱりこの腕の中が一番落ち着く。夫のことを誰よりも大好きだと思う。それなのに、わかってくれないのが寂しい。どうしたら伝わるのだろう。

エルナはとろけた思考の中で、必死に考える。

「一度で終わるなんて、思っていないよね？」

ベッドに連れていかれて、そのまま押し倒される前に、エルナはランドルフの腕にがしっとしがみついて、逆にランドルフの上に乗りかかる体勢をとった。

不意を突かれたランドルフが、驚いた顔をしてエルナを見上げる。

「……思ってないわ。ずるい。私だって、どれだけあなたのこと好きか、わかってもらうんだから」

そう言いながら、ちょっとだけ感極まってしまい、涙が浮かんでくる。

「エルナ……」

憑《つ》きものがとれたように、目が覚めたような顔をするランドルフを見下ろし、エルナは自分から唇を重ねた。

「んっ……」

くちづけは、ランドルフが初めて教えてくれた。だから、彼がしてくれないと上手にできない。それでも、たとえ拙くてもいいから伝わって欲しい。

そうして必死に唇を吸うエルナの髪に、大きな手が這わされる。さらりと、手櫛《てぐし》がやさしく通されていた。

「ん、……ん」

エルナはランドルフに撫でられる気持ちよさを感じながら、彼の上唇や、下唇を求めた。いつも名前を呼んでくれるこの唇が好き。引き締まった形のいい輪郭も、愛撫してくれるやわらかい感触も、ランドルフのことをもっと感じたい。

その一心で、エルナはキスを続ける。

「……ん」

すると、ランドルフが上体を起こして、エルナを抱きしめ、さらに唇を開いて、舌を絡めるような深いキスに応じてくれた。

夫から流し込まれる情熱に、エルナの身体がいちだんと熱を帯びていく。

熱っぽい吐息と共に荒々しく舌が絡まり合うのが心地よくて、次第に頭がぼうっとしてくる。

「ん、ふぁ……んん……はぁ……」

夢中でくちづけをして、どのくらい経過しただろうか。酸素を求めるように、どちらともなく唇を離し、それからエルナはそっと瞼を開いてみる。

至近距離で交わったランドルフの瞳には、さっきのような酷薄めいた色はなく、おだやかな夜の海のような輝きを取り戻していた。

「……わかっているよ。エルナ。君が私を愛してくれていることは」

「……ランドルフ、ほんとうに？」

「私は頭に血が上ってしまったんだ。その、アンゼルム殿下に、嫉妬していたんだ」

ランドルフがそう言い、自分の赤い顔を隠すように、ため息をつく。

こんな彼の表情は初めてだった。

「やきもち……だなんて。私は、そんなつもりなかったのに」

「すまない。私の自分勝手な感情だ。君をどうしても繋ぎとめておきたかったんだ」

ランドルフの真意を聞いたエルナは、すっかり拍子抜けしてしまった。

そればかりか、ばつの悪そうにしているランドルフを、どうしようもなく愛しいと思う。

「わかってないわ、ランドルフ。ううん、私がちゃんと伝えなくちゃいけないことだったのね」

やきもちとはいえ、信じてもらえなかったことが悔しくて、言いたくない気もしたが、それでも言わずにはいられない気持ちの方が上回っていく。

「私、殿下と話をしたとき、ほんとうにランドルフのことが好きなんだなって聞かれて、迷うことなく答えたのよ。大好きな……自慢の夫ですって」

「エルナ……」

ますますランドルフはいたたまれない顔をした。

そんな表情を見てしまうと、エルナも申し訳なく思ってしまう。

「でも、私も……お花のことが嬉しかったからっていっても、あなたは心配してくれたんだもの。やっぱり思いやりが足りなかったんだと思うわ」

シュンとしてエルナが伝えると、ランドルフが慌てふためきはじめる。

「いや、君は悪くないんだ。それを言うならば、私の克己《こっき》が至らないばかりに、浅ましい嫉妬など……」

互いに言い合っているのがなんだか滑稽《こっけい》に思えてきて、どちらともなく言い訳をやめてしまった。

エルナはおずおずと歩み寄ることにする。

「仲直りをして、ダンスを踊ってくださいませんか。素敵な旦那様」

「それから、もう一度……君をやさしく抱かせてくれませんか。可愛い若奥様」

ランドルフもまたそう言って歩み寄ってくれる。

それが嬉しくて、今度はお互いに顔を見合わせて、ふっと微笑み合う。

そして次には、夫婦の二重奏が響きわたるのだった。

「もちろん、喜んで」

「では、お手をどうぞ」

ランドルフの手に掴まったエルナは、そのまま立ち上がることはせず、彼にぎゅうっと抱きつく。

「っ……っと、エルナ？」

「やっぱり、もう一度してからにしましょう？」

妻からの誘惑に、ランドルフはぞくりとした顔をして、すぐにも獣の瞳を向けてくる。

そして、エルナを仰向けに押し倒した。

「君から誘われたら、我慢できるはずがない」

ランドルフは覆いかぶさるようにキスをしてくる。

「んっ」

「でも、今度はやさしくするよ」

その宣言通りに、夫の愛は甘く、やさしかった。

……二人の舞踏会の夜はまだ、はじまったばかり。

♠
♠
♠

ランドルフが立ち去るのを見送ったあと、マルクスは大広間にとりあえず一旦戻ってみることにした。すると、入れ違いでアンゼルムが戻ってくる。

ついさっきまで硬い表情をしていたのが嘘のように晴々としているところを見れば、エルナと一緒に有意義な時間を過ごせたのだろうということが伝わってくる。

「待たせたな。皆」

アンゼルムの声は広間にもよく通る。待ちくたびれていた令嬢たちは、水を得た魚のように再び色めきたった。

「アンゼルム殿下！　お待ちしておりましたわ」

殿下、殿下、殿下……甘い音色を奏でるかのように口々にアンゼルムを呼び、彼に群がろうとする。これほど取り囲まれたら、アンゼルムのことだ。いつものように仏頂面を浮かべているのではないだろうかと、マルクスは気にかける。

うだ。

だが、普段の弟にしては頑張っているようで、なるべく紳士を装い、話に付き合っているよ

(なんだ。やさしくもできるんじゃないか)

アンゼルムは令嬢たちからの約束を順番に取りつけると、少しの自由を許して欲しいと告げた。令嬢たちは約束さえしてもらえれば納得できたらしく、皆がうれしそうに笑顔を咲かせ、あっという間に大人しくなっていく。

おかげで場は再び、和やかな時間を取り戻しはじめた

アンゼルムもホッとしたのだろう。側に控えていた臣下から盃《さかずき》を受け取り、こちらへやってくる。後ろに控えていた騎士に何か話しかけられたようだが、ついてこないように命じたらしかった。騎士はアンゼルムから距離をとった場所に控えたままだ。

アンゼルム本人はというと、おおかた王族専用のバルコニーにでも逃げ込む気なのだろう。

そんな弟に、マルクスは近づく。

そのとき、ちょうど目が合った。きまりわるそうな顔をしていたアンゼルムだったが、公《おおやけ》の場で国王を無視はできないと踏んだのか、渋々といったふうに立ち止まった。

「やあ。アンゼルム。今夜は随分と楽しんでいるようだね。かの女神と一緒に過ごせて吹っ切れたということかな?」

探りを入れるマルクスに対し、アンゼルムは冷めた目をして、ため息をついた。

「白々しいな。ランドルフをわざと妬かせるような悪趣味なことはやめておけ」

どうやらアンゼルムには意図が伝わっているらしい。

我が弟ながら聡《さと》い男だと、マルクスは苦笑する。しかし、マルクスの算段はそれだけに留まらないのだ。

「かつての王の血が流れているのは、僕だけじゃないからね。半分とはいえ、おまえの中にも流れているんだ。惹かれてもおかしくはない」

ふん、とアンゼルムは鼻で笑う。

「最後には騎士に役目を奪われるのだと、忠告してきたわけか？」

「まあ、そういうことだね」

「……安心しろ。俺はおとぎ話を信じるタチじゃない。俺に略奪するような野心があるなら、二年前にこの国をどうにかしているだろう」

アンゼルムはそう言い、盃の酒を一気に呷《あお》った。

内心、弟は苛立っているかもしれない。わざと不穏なことを言い捨てるところからして、それが見て取れる。

「それを聞けてよかった。僕もそういうつもりでエルナのことを頼ったらどうかと提案したわけではないからね」

釘を刺すつもりでマルクスが言うと、アンゼルムは一瞬だけ狼狽える。

だが、すぐに持ち直し、呆れた表情を浮かべた。

「兄上は、忠犬の君を可愛がりすぎる。主に飼い慣らされるというのも、気の毒なことだな」

「人聞きが悪いね。僕は臣下を大事に考えているだけだよ」

「……話はそれだけか？　俺のことよりも、そろそろ自分のことを考えた方がいい。コウノトリの誤解を早々になんとかするべきだ」

アンゼルムは言って、顎をしゃくった。その方向にはソフィアの姿があった。

つられて視線を動かすうちに、アンゼルムは颯爽とマントを翻し、去っていく。

（……逃げられたな）

マルクスは深追いをせず、そのままアンゼルムがバルコニーへと移動するのを視線だけで追った。夜空を見上げる弟の横顔は、なにやら物憂げのようで、彼の心の中には特別な感情があるのではないかと察せられる。あのまま放置しておさまるものならばそれでいい。否、そうでなければ困る。

しかし、弟が言うように、今は自分のことを考えるべきだろう。

自分に関わる人間の中で、誰より手厳しい相手は、妻のソフィアなのだ。

（さて、どうしたものか）

マルクスは思案しながら、所在なさげにしているソフィアのところへと向かうのだった。

♠　♠　♠

（私はどうしたらいいの。ミンディア妃の逸話が、どうしても頭から離れないわ）

王妃ソフィアは唇を軽く噛む。

騎士団長ランドルフに令嬢たちの諍いの現場から助けてもらったあと、アンゼルムとエルナの二人を追いかけるように大広間から出ていったマルクスの姿を目にし、ショックを受けていた。

なぜ、ベルンシュタインの王族たちは皆、エルナに魅入られてしまうのだろうか。

愛らしい容姿と、人好きのする性格が受け入れられているのか。イレーネ王女にも好かれているし、いつもツンとした硬派な王弟アンゼルムですら、気を許しているのである。

言わずもがな国王マルクスは、昔からエルナを贔屓《ひいき》に見ているところがあるのだ。

『今日も我が国の女神は美しいね』

……それは、マルクスの口癖のひとつなのだが、ソフィアはその言葉に引っかかりを感じていた。

ベルンシュタインには伝説の美妃と呼ばれるミンディア妃の石像が飾られている。美と豊穣の女神としてたたえられた歴史に残る人物だ。その末裔にあたるのがエルナなのだということは、随分と前に話を聞いたことがある。

ソフィアは祖国であるエルドラーン王国にいた当時、外交の折に初めて出逢った隣国のマルクス王子のことが気になっていた。

物腰が穏やかな彼は、巧みな話述で人を惹きつけ、いつの間にか、笑顔にさせてくれる。美しい金色の髪から覗いた琥珀色の瞳は美しく、整った顔立ちが一瞬にしてふわりと崩れるような甘い微笑みに、ソフィアは一瞬にして恋に落ちてしまった。

彼が定期的に花嫁探しの舞踏会を開いているのだと知ったときは、父王の反対を押し切ってお忍びで身分を隠し、舞踏会に紛れ込んだことがある。まさか奥手なソフィアがそこまでするとは誰も予想していなかったことだろう。

彼の笑顔を独り占めしたい。相手が見つからないのなら、私と恋をしてくれないかしら。そんなふうに衝動的にこみ上げた想いから出た行動だった。もしも振られてしまっても、それだけでソフィアは満足していたかもしれない。

だが、そんなソフィアの想いをマルクスはやさしく受けとめてくれた。彼の力強い腕に抱き寄せられたとき、胸が震えるほどときめいたことを今でも覚えている。

『今はすぐ側にいられないけれど、必ず迎えに行くから待っていて』

マルクスがそう言ってくれた言葉を信じ、ずっと待っていた。たとえ、すぐに会えない距離にいても、お忍びで、少しの時間しかいられなくても、我慢していられた。

一時期、ベルンシュタインとエルドラーン両国に戦火を交える危機に陥り、父王によってマルクスとの仲を引き裂かれそうになったこともある。

その後、知略家のマルクスの采配《さいはい》により両国には平和が訪れ、彼はベルンシュタインの王となり、ソフィアを妃として迎え入れてくれ、両国間に友好条約を結ぶことができた。

夫となったマルクスは、今まで以上にやさしく接してくれ、慣れない国の王宮生活に気を配り、大事にしてくれている。ソフィアはマルクスと結婚できて本当に幸せだった。

その一方で、ソフィアは幾つかの不安を抱えていた。

ベルンシュタインの王家の者たちは皆、グライムノア公爵夫人ことエルナをとても可愛がっているようだ。それもそのはずだと関係性を知れば知るほどにソフィアにも理解はできた。

しかし、ミンディア妃の逸話にマルクスが心を奪われていると聞いたときに、ふっと一抹《いちまつ》の不安が芽生えたのだ。

エルナに向けるマルクスの眼差しは、愛しい恋人を見守っているようなのである。それは、ソフィアに対するものとは明らかに違った。

ちくりと、胸に差し込まれた小さな棘は、そのときだけで終わらず、いつまでも消えずに疼いた。なぜなら、ソフィアもエルナのことが好きだからだ。だからこそ、辛い。

お茶目で真面目で笑顔が可愛い彼女は、どこかソフィアにも似た性格をしていて、まるで鏡を見ているような気がして、にくめないようなくすぐったいような気分になることがある。そんな彼女と過ごす時間は、陽だまりの中にいるかのよう。

エルナは度々イレーネ王女のお茶会に呼ばれて王宮にやってくることがあるのだが、そのときには必ずソフィアを誘ってはどうだろうかと提案してくれるのだと、イレーネ王女から聞いた。

祖国が違うソフィアが蚊帳の外にならないよう、気を配ってくれる心やさしい女性だ。エルナの夫は、マルクスが誰より信頼を置いている騎士団長のランドルフで、夫婦はいつも仲睦まじい。マルクスは二人と一緒にいるときが一番楽しそうで、自然体のような気がする。そんな夫を見ているのが、ソフィアも幸せだったのだ。

しかし、胸に刺さった棘が、時々ソフィアを苦しめる。

マルクスが本当に好きだったのは、エルナだったのではないか。

だから、エルナに似ている部分のあるソフィアで妥協して、結婚したのではないだろうか。

ベルンシュタインとエルドラーンを取りもつための政略結婚に利用されたのではないか。そんなことまで考えてしまい、ソフィアは必死に考えを打ち消した。

(なんて醜いのかしら。ひどいことを考えているわ。こんなんだから、コウノトリさんがいつまでもやってきてくれないのね)

ソフィアが悲観に暮れていると、マルクスの姿が見えてきた。

彼はいつの間にか大広間に戻ってきていたアンゼルムと何かを話したあと、玉座に近いソフィアの方にやってくる。逃げ隠れする時間はなかった。

目が合うなり、マルクスは心配そうにソフィアの顔を覗き込んできた。

「ソフィア、どうしたんだ。もしかして、具合でも悪いのかい？」

「ちょっと疲れてしまっただけよ。こんなに賑やかな舞踏会なんて久しぶりですもの。楽しませていただくわ」

うまく笑顔を見せていられるか自信がなかったが、周りの目を考えたら、今はなんとしても取り繕《つくろ》わなくてはならない。自分のせいでマルクスの国王としての評価が下がるのだけはソフイアとしては絶対に避けたかった。

（もっと、愛される王妃になれるように……ならなくてはいけないわ）

ソフィアは胸のあたりで手をぎゅっと握り、小さくため息をつく。

「そうはいっても、夜は長いのだから適度に休まないといけないよ。少し、外に出てみよう」

マルクスがマントを外し、それをソフィアの肩にかけてくれた。

「え、ええ」

夫のやさしさに胸が締めつけられる。彼は一度だってソフィアをないがしろにしたことはない。

それなのにソフィアがこんな気持ちを抱いているなんて知ったら、彼はさぞがっかりするだろう。自分の不甲斐なさのあまり、だんだん泣きたくなってきてしまった。

ソフィアが俯いていると、誰かの足が見えた。アンゼルムがすぐ側のバルコニーから引き上げてきたらしく、彼はソフィアを一瞥したのち、マルクスに向かって声をかけてきた。

「兄上、あなたに言っておこう。あなたは周りのことよりも、もっと自分のことに貪欲になった方がいい。周りはあなたが心配することなく自然と動いていくもんだ。俺に責務を分けたのなら、わざわざ独りですべてを抱え込むこともあるまい」

それだけを言い残し、アンゼルムは二人の脇を通りすぎていく。

ソフィアには何が起こったのか意味がわからず、ただアンゼルムとマルクスの二人を交互に眺めるだけだった。

どうやらアンゼルムは次の約束の場に行くらしい。頬を染めた一人の令嬢が、彼の左側の腕をとったのが見えた。

「頼もしいな。言いたいことを言ってくれる。まあ、なんだかんだと大人なのは、弟の方かもしれないな」

マルクスは男らしくエスコートしているアンゼルムを眺めつつ、ぽつりと呟いた。

もしかしてマルクスは何か悩んでいるのだろうか。ソフィアはだんだんと心配になってくる。

いつまでも王妃が懐妊しないことを周りから色々言われていることは知っている。その度にマルクスはかばってくれる。

けれど、周りはだんだんと諦めの目で見るようになった。だから、アンゼルムに白羽の矢が立ったのではないか。ソフィアなりにそう考えていた。

(それに比べて……エルナさんは、立派に……)

ソフィアはきゅっと唇を噛みしめ、バルコニーに出ようとするマルクスを引き止めた。

「あの、陛下。これから……お部屋に戻っても構いませんか。少し、ゆっくり二人きりでお話がしたいのです」

「ああ。それでも構わないよ。舞踏会のことは、弟のアンゼルムに任せておけばいいだろう。今日の主役なのだからね」

マルクスはソフィアの頼みを断らない。以前からやさしいのは変わらない。愛情がなくなったようには思えない。それでも、この胸の痛みは、本人に確かめないことには、いつまでも消えないだろう。

ソフィアはもう限界だった。

部屋に到着して扉を開けるやいなや、ソフィアはマルクスの背にしがみついた。

「ソフィア？」

「正直に答えてください。陛下は、エルナさんのことを……大切に思われていますよね」

「突然……今日の君は、いったいどうしたんだい」

「いいから、答えてください」

振り向こうとするマルクスに、ソフィアは必死に縋りついて阻止する。

顔を見てしまったら絆されて、言いたいことが言えなくなる気がしたのだ。

ソフィアは傷つく覚悟をした。返ってくる言葉は決まっているに違いないからだ。

「もちろん。とても可愛いと思っているよ」

マルクスの返事は、想像したとおりだった。

「……やっぱり、陛下はエルナさんが大事なのですね」

「ああ。イレーネと同じように、妹みたいに大事に思ってる」

いつも通りのマルクスに、ソフィアはたまらなくなってしまう。

そうやってきっと彼はあたり障りなく、ソフィアを宥《なだ》めたいだけかもしれない。

「でも、わたくしは、そうは感じませんでした。イレーネさんへ対する想いとは違うのでしょう？　これ以上ごまかさないでください」

「ソフィア」

マルクスは今度こそ、ソフィアの方を振り返った。

そしてソフィアの表情を目にした途端、彼は瞠目し、琥珀色の瞳を揺らした。

「もしかして、エルナにやきもちを妬いているのかい？」

「……っ……み、みっともないことを言っているのは自分でもわかっています」

ソフィアは悲しいやら恥ずかしいやら、どうしたらいいかわからなくて、瞳に涙をいっぱいためて、身体を震わせる。

すると、マルクスは深々とため息をついた。

ああ、もう完全に愛想を尽かされたのかもしれない。

ソフィアは嫌われたくない一心で謝ろうとした。

彼に嫌われてしまうくらいなら、やっぱり知らないふりをしていた方がずっとよかった。浅はかな自分がほんとうにいやになる。

「ごめん、なさい。私がこんな……気持ちだから、いつまでもコウノトリさんはやってこないんです。陛下にばかり負担を強いて、私は……なんのための王妃なのでしょう」

言いながら、涙がぽろぽろと零れてくる。マルクスの顔はとても見られそうになかった。

「もう、ほんとうに限界だな」

低い声でマルクスは言い放った。

びくりと、ソフィアは肩を震わせ、弾かれたように顔をあげた。

嫌わないで欲しいと、縋りつきたくなった。

「そろそろ僕もいい加減に待ちきれなくなってきた」

マルクスは言って、ソフィアの腕を引っ張ると、そのままベッドに押し倒した。

「きゃ、陛下……」

ソフィアは驚きのあまり目を丸くした。

涙がぽろりと一粒流れたあとに見えたマルクスの顔を目にした途端、言葉を失った。

そこには今までみたことのない表情をした夫の姿があったのだ。

「どうしてコウノトリがやってこないのか、考えたことは……ないよね。君のことだから」

「それは……ありますっ。私に足りないところがあるからでしょう？」

ソフィアが涙ぐみながら訴えると、マルクスは憂いを帯びた瞳を向ける。

「そうじゃないよ。ソフィア。もう今夜は我慢できない。僕が今からちゃんと教えてあげる。だから逃げないで」

いつも温厚な彼なのに、今は獣のような情欲に満ちた目をしている。腕に力がこもり、逞しい身体に組み伏せられているのだと認識したら、ドキドキしてたまらなかった。

「……陛下」

「いい？　もう今夜は、逃がさないよ。ソフィア」

マルクスは念を押すようにそう言ったかとおもいきや、強引にソフィアの唇を奪った。

「んんっ」

熱っぽい息遣いと、貪るようなくちづけに、ソフィアはされるがまま応じるので精いっぱいだった。

唇が離れたあとも、焦点さえ合わない至近距離で見つめられ、ソフィアは息を呑む。

「君は自分のことをみっともないと言ったけれど、本当にみっともないのは僕の方だよ。君をどうしたらこっちに向かせられるか、周りを巻き込んで正当化しようとしていたわけだからね」

マルクスはそう言い、ため息をついた。

そんな彼には苦悩の表情が窺えた。そんな顔をさせたいわけじゃなかったのに。

「ごめん、なさい」

「謝らなくちゃいけないのは、僕の方だよ。君に寂しい想いをさせていたと思う。ごめん」

「そんな」

「いいかい？　時には痛いことを乗り越えないと、先に進めないこともあるんだ。できれば、君にはずっとやさしい男でありたかったけど、本音を言わせて欲しい」

握られた手にぐっと力がこもる。

ソフィアは瞳を揺らしながら、マルクスをただ見つめていた。

マルクスはソフィアの目元の涙をそっと指で拭いながら、憂いを帯びた瞳を向けてきた。

「ソフィアが泣くかもしれないことを、僕はしたいって思ってる」

「……」

ソフィアは言葉にならなかった。その意味がわからない。でも、いつもと違うということだけはわかる。

マルクスは頑なになったソフィアの心をほどくように、語りかけてくる。

「怖いかい？　やっぱりコウノトリに任せておきたい？」

愛おしそうに見つめる夫を見て、ソフィアはわけもわからずに首を横に振った。

また涙が溢れてきてしまう。

「キスの続きをしよう。ソフィア。僕が、君に大事なことを教えてあげるよ」

「陛下、あの、わたくし、心臓が……もう、飛び出してきそうです」

顔を真っ赤にして訴えると、マルクスはふっとやさしく微笑む。

「それは僕も一緒だよ。だから、すべて身を任せて欲しい。僕たちは夫婦なんだから。ね？」

「はいっ……」

マルクスが耳元で甘く囁く。

「痛がっても、泣いても、暴れても、絶対にもう、逃がしてあげないからね」

身にまとう衣類を脱ぎ、そしてソフィアのドレスを脱がそうとするマルクスのその声音は、今までにないくらい怖くて、でも、今までで一番やさしかった。

「いいんです……私、どうなってもいいです。陛下を、愛しているんですから」

「僕もだ。君を心から……愛してるよ。世界一かわいいソフィア」

マルクスは言って、ソフィアの濡れた瞼にキスをする。

「……っ、陛下」

「前みたいに、名前で呼んでごらん。二人の夜は特別に、ね」

「マルクス……」

か細い声だったかもしれない。でも、マルクスはその声をちゃんと拾ってくれた。

「うん。そう。心配することないよ。僕が欲しいのは、君だけなんだから。わかった？　ソフィア」

ソフィアは頷く。

すると、マルクスは幸せそうに微笑んでくれた。

それから二人は唇を重ねる。くちづけの続きと同時に、ソフィアはマルクスの情熱に翻弄され、夫に愛されるほんとうの意味をようやく知る。

世界一愛しい夫からのくちづけの続きは、とても甘くて、ちょっぴり苦くて、身体を重ねながら、ソフィアはその痛みを受けとめ、至福のときに目を瞑った。

愛された痛みは残されたけれど、胸に刺さった棘はもうどこにも消えてなくなっていた。

「愛してるよ、ソフィア。これからも、ずっと僕だけの妃でいて欲しい」

琥珀色の双眸《そうぼう》が甘く滲んで、ソフィアを見つめている。

ようやくソフィアは、夫婦に一番大切な何かがわかった気がした。

(それはきっと……お互いを思いやる気持ちなのね)

「……私も、あなたのことを、愛しているわ。ずっと……今までも、これからもずっと」

ソフィアは出会ってから今日までの彼への想いを込めて、心からそう伝える。

すると、耳元でマルクスが囁いてくれた。

「誓うよ。これからも僕は君だけを、愛し続ける。約束だ」

ソフィアもまた返事をする。それは、何より尊い夫婦の誓い――

そして、今夜の誓いこそが、二人にとって本当の結婚式といえるかもしれない。

夫の情熱に抱かれて、ソフィアはそんなふうに思うのだった。

♠
♠
♠

「王女殿下、次から次へと、悪趣味ですよ。早く行きましょう」

ヨハンは側にいたイレーネにひそひそと声をかける。

「だって、安心できないじゃないの」

イレーネもまた声を潜めたまま反論する。

「後日、気になるなら、話を聞けばいいじゃないですか」

「夫婦間のことなんて、ほんとうのことを教えてくれると思うの？」

「そ、それは」

さっきからイレーネは、ランドルフとエルナの様子が気にかかっていて、後をつけていたのだ。珍しく言い争いをしていた二人のことが心配で仕方なかったからだ。

でも仲直りしたような感じだったので、すぐに一安心する。

エルナとランドルフの絆は深い。きっとこれからもあの二人ならば幸せな結婚生活を送っていけることだろう。ヨハンもそう思っている。

イレーネは頬を緩ませて、幸せのおすそわけをされた気分でいたようなのだが、その気分は一瞬にして取り上げられた。

その場を離れて、大広間に戻ろうとすると、今度はマルクスとソフィアが険悪な様子になっているところを目撃してしまったのだ。

ヨハンはいやな予感がしたが、イレーネは第二弾の尾行をはじめ、必然的にヨハンもついていく羽目になった。

イレーネから話を聞いていたが、どうやら彼女は『コウノトリ』のことがどうにも気になって仕方ないらしかった。

ヨハンはため息をつきつつ、イレーネに付き合う。それは新人騎士のときから王女専属騎士に任命されて以来、ずっと続いている習慣のようなものである。天真爛漫《てんしんらんまん》ではねっかえりの王女様がじっとしていることの方が珍しいのだ。

しかし、ヨハンは今回の一連の内容は、まるで円舞曲そのものを表しているようだと思った。次から次へとパートナーが移り変わり、彼らの問題が移り変わり……この結末はどこに繋がって、最終的にどこで終わるものなのか——。

マルクスとソフィアは仲睦まじい夫婦に違いない。おっとりとしたソフィアは可愛らしく、面倒見のいいマルクスとてもお似合いだ。それなのに王宮内の周りが騒がしすぎるせいで、へんに圧力をかけているようにも思う。

国王夫妻に子ができないのは、ほんとうは不仲なのではないかと噂が流れることもあったが、そのたびに兄想いのイレーネは憤慨《ふんがい》して、そんなことはないのにと嘆いていた。

ヨハンもイレーネと同じ考えだ。

マルクスは本当にソフィアを大事にしているし、イレーネが妊娠しづらい身体なのではと批判されようものなら全力で守っていたのだ。でも、それも月日が経過するうちに、肯定せざるを得ない状況になってきていた。

次に、国王夫妻に子がないのなら、王弟殿下の方はどうなのだと臣下らの不安がさらに募っていく事態を引き起こしている。それをヨハンも度々耳にしていた。

マルクスはきっとそういった臣下らの不協和音を一掃《いっそう》するために、アンゼルムに花嫁探しの舞踏会を提案したのだろう。

新婚夫婦のエルナとランドルフを協力者にしたことも、マルクスとソフィアにとってきっと必要なことだったに違いない。

そして現在、王女であるイレーネも他人ごとには思えなくて、もしも国王夫妻の事態が深刻ならば仲裁に入ろうとしていた。

そんな彼女の行動に、護衛役のヨハンが付き合わされていたというわけだった。

しかし、国王夫妻の部屋の近くで耳を澄ませてみれば、修羅場はどうにかおさまり、熱っぽい二人の声が聞こえてきて、イレーネはホッと胸を撫で下ろす。

ヨハンは頬を上気させ、ごほんと咳ばらいをする。

「ま、まったく……だから、大丈夫だと申し上げたんです。お節介なことをすると、余計にこじれてしまうこともあるんですよ。時には自然に任せた方がいいんです」

このまま盗み聞きをしていたなんて知れたら、大変なことになる。せっかく仲を深めた国王夫妻の関係に、水を差してしまいかねない。

ほら、早く行きましょうと急かして、ヨハンがイレーネの肩を抱き寄せると、イレーネは熱っぽい瞳でヨハンを見つめてきた。

「な、なんです？」

「他の人のことを考えてはだめなら、あなたのことだけをずっと考えてもいいかしら？」

「そ、それは……」

ヨハンは突然の王女の誘惑に、言葉に詰まった。

「あら。私にはそう聞こえたわ。違うの？」

拗ねた瞳を向けられ、ヨハンの胸の奥で小さく疼くものがむくむくと芽を出しはじめた。

いつになったらプロポーズができるだろうかと考えていることなど、きっと王女にはわからないだろう。

自分の身分や年齢や立場や、色んなものがもどかしい。

まだ自分は十九歳の若者だ。まだまだ騎士としての鍛錬が足りない。身も心も立派な男として胸を張っていえるときがきたら、そのときは——

そういきり立つものの、中途半端な想いは伝えられない。ただ、待っていて欲しい。そう願う。無論、イレーネ王女が待っていてくれるのならば。

「私、気が長い方だと思うわ。あなた限定だけれどね」

いつも気の強い彼女が、自分だけに見せる照れた姿は、なんともいえない可愛らしさがあり、ヨハンの胸を強く打つ。

「イレーネ王女殿下、僕は……」

あなたのことが好きです。

せめて、この想いを伝えてしまいたい。そんな激しい欲求に駆られ、喉の奥がきりきりと絞られる。しかし今は任務だから、自分本位なことはしてはいけない。ヨハンはぐっと奥歯を噛んだ。

これはもしかしたら彼女に王女専属騎士としての理性を試されているのではないだろうか。男らしくない自分に愛想尽かされてはかなわない。どんなときも彼女を護ることのできる男でいなくてはならないのだ。そんなことまでもが頭の中を乱舞している。

そんなヨハンの表情から伝わったのかどうか、イレーネはふふっと鈴の音のような声を立てて笑った。

「堅物なところまで、憧れの騎士団長の真似をしなくたっていいのよ」

「そ、そういうわけでは……ありませんよ」

「ちゃんとあなたの気持ちが知りたいの。その続きは、二人きりになったら聞かせてちょうだい」

「今の僕では、すぐには、言葉にはできないかもしれません」

「じゃあ、いつか。約束よ？　ヨハン」

ヨハンはつられたように微笑んで、今できる精いっぱいの想いを込めて、彼女に忠誠を誓った。

「……仰せのままに。王女殿下」

♠
♠
♠

「あと、どのくらいだ？」

アンゼルムは側にいた騎士に声をかけた。

「二十五回でしょうか」

そう返事をした騎士は、ランドルフの代わりに護衛についた者だ。

「はぁ……そんなにだったか」

その数の多さに眩暈がするが、それまで分刻みで倍以上の令嬢を相手していたと思うと、頭が痛くなってくる。

「もう少し、一度に話される人数を多くしてはいかがでしょう？」

「それもそうだが。限界というものがあるだろう」

無論、一対一の時間はそれほどとれない。一度に複数の令嬢と話をする時間をもうけたりもした。

だが、次から次へと移り変わるので、はっきり言って誰が誰か認識する間もない。そういうわけで騎士は何人ではなく何回という数え方をしているのだ。

「まあ、いい。少しの間、広間を離れる。おまえはここにいて様子を見ていてくれ」

「御意」

アンゼルムはさっさと大広間から離れ、人気《ひとけ》のない王族専用の部屋へつながる回廊へとまわり込んだ。

これでようやく令嬢たちの相手から解放され、しばらくひとりの時間がとれる。できるならこのまま広間には戻りたくないが、舞踏会は夜通し行われるため、主役が抜けたままではいられないのだ。

(まったく、兄上には振り回されてばかりだ)

ため息ばかりが零れる。窓の外を見れば、月明りが美しい夜空が広がっている。それを見ると、一刻も早く朝が明ければいいと願わずにはいられなくなってくる。

(さて、行く宛てもないんだがな)

アンゼルムはどうしたものか、と思案した。

鍛錬場にいって憂さ晴らしをするか、愛馬の顔でも見に行くか。眠気さましに誰かにチェスを付き合わせるか。

しかしいい案は一向に思い浮かばない。その癖に、少しでも考える余裕ができれば、ぼんやりと、エルナの笑顔が浮かんできてしまうのだから参ってしまう。

彼女といるとなぜか、気持ちが楽になる。誰にも言えないようなことを打ち明けることができるのだ。不思議な魅力のある女性だ。

(ミンディア妃の末裔だから……と片付けておくべきか)

今まで不埒な考えが全くよぎらなかったわけじゃない。だが、仲睦まじいランドルフとエルナの様子を思えば、とても誰かにつけ入られるような隙のある夫婦だとは思えなかった。

エルナが幸せでいられるのは、ランドルフの存在があるからだろう。そして、大事な臣下を悲しませるようなことは、アンゼルムとしても避けたいと考えている。

(厄介なのは兄上だ。それに気付いている者がどれだけいるのか)

憤懣《ふんまん》やるかたない想いで歩いていると、廊下の隅……国王夫妻の部屋の前で怪しい行動をしている者たちがいた。

アンゼルムは眉根を寄せた。

腹違いの妹であるイレーネ王女と彼女の専属騎士であるヨハンが、国王夫妻の私室の近くでこそこそと会話をしていた。

「何をやっているんだ。おまえたちは」

アンゼルムが声をかけると、二人は揃ってびくりと肩を戦慄かせた。

「あ、アンゼルムお兄様」

「は、殿下」

ヨハンが慌てたように騎士としての振る舞いを見せる。一方で、イレーネは後ろめたいような顔をしていた。

二人が恋仲にあるのではないかということは、薄々察しているところだった。他の者はどうか知らないが、内緒にしていようとも、わかるものにはわかるものなのだ。

(こいつは忠犬ランドルフの子犬といったところか)

しかし誘拐されたイレーネの救出に向かった勇敢なところがあるのだ。

この男にも矜持《きょうじ》というものがあるだろう。色恋くらい自由にすればいい。

「あの」

「黙っておいてやる」

「アンゼルムお兄様……」

「俺は咎めるつもりはない。おまえたちの好きにすればいい」

アンゼルムはさして興味を示すことなく、二人の側を通りすぎる。イレーネとヨハンは肩透かしにあったような顔をしていた。

つくづく自分には一匹狼という立ち位置が落ち着くのだと思う。群れることなく、むやみに人と戯《たわむ》れることなく、そして……恋に落ちることなく、嵌まることもなく。

(恋、か)

一輪の花を差し出したときの、エルナのやわらかな笑顔が胸に迫ってくる。

ネモフィラが一面に咲き誇る丘をむしょうに見たくなった。

「なんだか、いつもと様子が違ったわ」

「そのようですね」

拍子抜けしたような二人の声が、遠くに聞こえた。

アンゼルムの足は自然と外へと向かった。

もう今はそこにいるはずのない幻影を求めながら、ふらりと闇夜に紛れる蝶のように。

この想いはきっと一過性のものだ。自然とおさまるまで待つしかない。

火照った身体と昂った感情を鎮《しず》めるように、アンゼルムは月夜の風に身を任せ、そっと目を瞑った。

だが、脳裏に浮かぶ残像はいつまでも色濃く残り、一向に消えることはない。

瞼を閉じれば、また光溢れるような笑顔が浮かんでくる。

(もう少し早くに出会い、気付くことができていたらな)

そんなふうに思う自分は愚かだろうか。

別に、恋の結末は甘いものばかりでなくともいいだろう。苦く、喉の奥に流され、胸にこびりつくような痛みだっていい。強く、自分の心に残ることができるのなら。

アンゼルムはそう思う。否、強がって言い聞かせているのは自分でもわかっている。

ただ、初めて体感した甘美な記憶を、まだ少しの間だけでもいいから、覚えていたかったのだ。

第5話　協奏曲の結末

二ヶ月後――

グライムノア公爵の邸に、王宮から一通の手紙が届けられた。

送り主は国王夫妻だ。手紙には、今回の一連の出来事に関して、エルナとランドルフへの感謝の気持ちが綴られていた。

連名で綴られた文面からは仲睦まじい二人の様子が思い浮かぶようで、エルナは思わず微笑んでしまう。

そして『追伸』と書かれた最後の一行を見た瞬間、エルナは弾かれたように声を上げた。

「まあ。本当に!?」

その声に驚いたランドルフが、エルナの側にやってきて、手紙の文面を覗いてくる。

ランドルフはさっき任務を終えて帰宅していたところだった。

「どうしたんだい？」

「あのね、それが、ソフィア王妃殿下がご懐妊されたかもしれないって。その兆候があるそうなの。今日、侍医に見てもらったみたいだわ」

「本当かい？」

「ええ。コウノトリ事件は無事に解決できそうです……って陛下が」

エルナとランドルフはお互いに顔を見合わせて、それからどちらともなく微笑み合った。

「よかったね。一安心だ」

「まだ、これからよ。大切な赤ちゃんを守ってあげなくちゃいけないんだもの。今こそ、近衛騎士団第一団長ランドルフの出番だわ」

「ああ、君の言うとおりだ。国王夫妻と御子をお守りできるよう、いっそう尽力しなくてはならないな」

世継ぎを護ることは重大な責務である。けれど、今はとにかく国王夫妻のおめでたい話にエルナもランドルフも感激でいっぱいだった。

文面を追うと、さらにこんなふうに書かれていた。

『親愛なるグライムノア公爵夫妻へ。ささやかではありますが、御礼かたがた、また、ニーナの誕生祝いも兼ねて、我々主催のお茶会を開こうと思っています。ぜひ、ご家族揃っておいでください』

「まぁ。とても楽しそうね」

「そういえば、イレーネ王女が君と久しぶりにお茶会をしたいと言っていたんだ。それで、陛下がピクニックをしてはどうかと提案していたみたいだよ」

「それは楽しそうね！　あたたかくて最高の季節だもの。きっと素敵な一日になるわ」

「ああ。きっとニーナも喜ぶよ」

ランドルフがそう言って、エルナを抱き寄せてくれる。

夫婦の想いが通じ合ってから、よりいっそう夫のことを愛しく思う。

エルナは溢れる想いのままにランドルフに告げた。

「あなたのこと、いつも愛してるわ」

「私も、君をいつも愛しているよ」

二人は唇を重ね合わせる。すると元気よい泣き声が響きわたった。

「もしかして、やきもちかな」

ランドルフがくすりと笑う。

「きっとそうよ。一緒にいたいのね」

エルナはゆりかごからニーナを抱き上げ、ランドルフと一緒にソファに座った。

アーアーと声をあげるニーナをあやすように、二人揃ってニーナの頬にキスをする。すると、たちまちキャッキャという声が響きわたった。

「どんな女の子になるかしら」

「君に似て、綺麗な子になるに違いないよ」

「不器用なところも似てしまうかしら」

「まあ、そうだね。でも……幸せはきっとこの子が見つけるだろうから。私たちみたいにね」

「そうね」

エルナは目を細める。

いつかこの子も大きくなったら誰かに恋をすることがあるだろう。

まだずっと先の未来だけれど、どうかニーナがその人と気持ちを通わせ合い、互いに幸せになれますように。

(ランドルフみたいな素敵な男性が見つかりますように)

エルナは自分を大切にしてくれる愛しい夫のことを想いながら、そう願いを込めるのだった。

♠
♠
♠

お茶会開催の当日――

エルナは乳母とニーナと一緒に、王宮から迎えに来た馬車に乗り、いったん正門の前で待つ皆と合流することになった。

一行は城より北東部にある高原の湖畔《こはん》に出かけるらしい。

ちょうどネモフィラが満開に咲く時期なので、それを聞いたエルナはとても楽しみだった。

王族の者たちが総出となることもあり、四頭立ての馬車が三台、荷馬車が二台、それから前後左右に近衛騎士隊が配属され、配膳係もついていくことになり……ピクニックというよりこれではパレードが行われるみたいだ。

エルナが恐縮しきっていると、マルクスが声をかけてきた。

「それくらいのことを、君はしてくれたのだから。ランドルフと一緒にね」

「少しでもお役に立てていたなら、もちろん嬉しいです」

「そうよ。エルナがいなかったら完成しなかったと思うわ」

どこからともなく声がしたと思ったら、イレーネがひょっこりマルクスの後ろから顔を出してきた。そして彼女の後ろにはいつものようにヨハンが護衛としてついている。

「完成？」

エルナは話が見えず、首を傾げた。

「今回の一連の騒動をヨハンが円舞曲に例えたのよ。それは結果的にまるで協奏曲みたいになったんだわって、思ったの。私たちがそれぞれの役目をきちんと果たしたからこそ、今があるんだと思うの。ねえ、ヨハン」

「ええ、僕もそう思います」

ヨハンとイレーネそしてマルクスに微笑ましいような目を向けられ、エルナは思わずランドルフと顔を見合わせた。

ランドルフはほんのり頬を紅潮させている。エルナも伝染したように頬が熱くなってきた。きっとお互いに思い出していることは同じかもしれない。

マルクスからの提案がなければ、エルナはランドルフへの気遣いが足りなかったことを見逃していたかもしれない。夫婦にとって大事なことを再確認できた機会でもあったのだ。

おかげでエルナは今、夫と二人で過ごす時間を大切にしながら、ニーナを交えた家族としても充実した日々を過ごせている。

「我々の方こそ感謝しなくてはなりません。陛下、この度のこと心より御礼申し上げます」

ランドルフが夫婦代表として恭しく頭を垂れると、マルクスは揶揄するように笑った。

「まったく、いつになってもおまえは硬いね。まあ、もう一人のつれない男よりは愛嬌《あいきょう》があっていいけれどね」

マルクスがちらりと一瞥する方には、アンゼルムが腕を組んで柱に寄りかかっている姿があった。

「アンゼルム殿下がご一緒されるとは……珍しいことがあるものです」

「最初は断られたんだ。でも、話をしているうちに行く気になったみたいだよ。理由はまあ、きっとエルナがいるからだろうね」

「え、私ですか？」

にこやかにしているマルクスだが、何かを言いたげな瞳をしている。

エルナよりも先にランドルフはピンときたようだった。妙に構えた姿勢をとっている。

そんなランドルフを尻目に、マルクスが声を潜めて言った。

「あの後、やきもちを妬いた忠犬の君は……さぞご乱心だったのではないかな？」

「あの、それは……」

エルナは言葉に詰まってしまう。

ランドルフはあえてマルクスから視線を外しているみたいだ。顔が赤くなっている。

それにつられて、エルナは舞踏会の夜にランドルフに激しく求められたことを思い出し、頬が熱くなってしまう。

「その様子では、狼の牙を剥いてしまったようだね」

マルクスの言うとおりだった。嫉妬と独占欲にまみれたランドルフはいったん獣化してしまったらもう夜通し愛しつくすまで止まらなかったのだ。

すると、イレーネが口を挟んでくる。

「あら。別の状況ではあるけれど、同じことを経験した方がいらっしゃるのではなくって？」

そう言い、イレーネが悪戯っぽくマルクスを見上げる。

マルクスは「余計なことはいいよ」と牽制《けんせい》しつつ、きまりわるそうにしている。

いつも人を食ったようなマルクスにしては珍しい表情だ。

「陛下の場合は、おそらく逆でしょうね」

ランドルフが真面目にかつ真顔で言い出すので、マルクスはますます立つ瀬がないといった感じだ。

「ソフィア王妃殿下にも色々考えがあったようですよ。陛下がエルナのことを大切にしてくださるのを羨ましそうにしていたので……もしや、と思ったんです」

「え？」

エルナは初耳だった。

「ランドルフ、おまえは余計なことを言って、仮の主従契約の間にずいぶんと自由になったみたいだね。僕にお仕置きされたいのかな」

マルクスは笑顔だが、目が笑っていない。ランドルフは焦ったように否定した。

「それは、どうかご勘弁下さい。私に他意はありませんよ」

マルクスとランドルフのやり取りを尻目に、イレーネはエルナに耳打ちをしてきた。

「つまりはね、皆エルナのことが大好きなのよ。もちろん、私もね」

エルナは思わず頬を赤くする。そう思ってもらえているなら嬉しい。エルナもイレーネのことを妹のように思っている。もし本当にヨハンと結婚することになったら、ほんとうの姉妹になるのだから。その日が待ち遠しいような気になってしまう。

和やかに話をしていると、そこへ、呆れが入り混じった鋭い声が割って入った。

「だらだら話をしていると、夕刻までに戻って来られなくなるぞ」

アンゼルムがもう飽き飽きといった顔をしている。

「そうだな。アンゼルムの言うとおりだ。すぐに出立することにしよう」

マルクスはランドルフを相手にして幾らかすっきりしたのか、肩の荷をおろすようにひと息ついた。

「ソフィア王妃殿下は、おひとりで大丈夫ですか？」

エルナは思わず宮殿の二階付近を見上げた。ご懐妊の兆候があるソフィアは体調を考慮され、ついてくることを許されなかったのだ。

「ああ。本当は僕も残ろうと思ったんだ。しかし、国王夫妻主催のお茶会として誘ったのにいないのでは困るだろうと、逆に叱られてね。コウノトリを信じきっていた女性と同じとは思えないくらい逞しくなってきているよ」

そう言うマルクスは本当に幸せそうに見える。

「まあ、アンゼルムに任せようかとも思ったんだけれどね。あのとおりの態度だから……楽しむということをあまり知らない男だし、心配だったんだ」

「アンゼルム殿下は、ほんとうはやさしい方だと思いますよ」

舞踏会の夜にアンゼルムと話をしたときのことを思い出しながら、エルナは彼に対する印象を正直に告げた。

すると、マルクスが意表を突かれたような顔をし、ランドルフのことを気にする。

「そんなことを言っているとまた牙を剥かれてしまうよ。ちゃんと相手をしてあげているのかい？」

「そ、それは……」

もちろんと返事をすべきか躊躇っていると、誤解されてしまったらしい。

「何かあったら僕のところにおいで。待てが上手にできないのも困りものだね。昔、ちゃんと教えたはずだったんだけどなぁ」

「陛下はまた……私を犬か何かのようにお思いで……」

ランドルフは不服ながらも、ぐっと我慢している様子だ。

「犬じゃなくて狼になるんだろう。君の場合は。ね、エルナ」

「えっと、その……大丈夫です！　夫婦円満ですわ」

「それならよかったよ」

マルクスはくすりと笑みを浮かべたあと、ようやく馬車の御者に声をかけた。

待っているのが面倒になったのか、アンゼルムはさっさと先に行ってしまったみたいだ。イレーネとヨハンが乗ろうとしていた馬車のタラップに先にあがってしまう。

「まったく、陛下は……」

「私たちのことを大事に思ってくれているのよ」

「もちろん、それは分かっているけれどね」

ランドルフはそう言いつつ、やはり弄ばれることが不服のようだ。

「さて、私たちも行こうか」

ランドルフに促され、エルナは「ええ」と頷く。そして馬車の中へと続くのだった。


城を出て二時間ほどだろうか。

北東部の高原の丘をのぼっていき、湖畔の側に一行の馬車が止まった。

馬車から降りて、登ってきた道を見下ろすと、縹渺《ひょうびょう》たる丘の段々畑に、ネモフィラの爽やかな青い花が一面に咲き誇っている。

その様子はとても美しく、まるで草原が一瞬にして青空になってしまったみたいだった。

青い花はそれぞれ風に吹かれてふわりふわりと乱舞しながら、涼やかな香りを届けてくれる。

エルナは涼やかな空気をすうっと肺いっぱいに吸い込み、天を仰いだ。

「とってもいい気持ち。想像していた以上に、すごく綺麗だわ。ねえ、ランドルフ」

エルナは感激のあまり、側にいた夫の腕を掴んだつもりだった。

だが、振り向いて人違いだったことに気付き、目を丸くする。

相手も驚いたような顔をしている。なんと側にいたのはランドルフではなく、アンゼルムだったのだ。

「ご、ごめんなさい。私ったら。アンゼルム殿下だとは思わなくて。失礼しました」

ランドルフはというと、他の護衛の者たちと相談をし合っているみたいだった。

「いや、構わん」

アンゼルムはさらりと受け流し、ネモフィラが風に揺れる丘へと視線を移した。

「前に、殿下からお花をもらって。教えて下さったことがありましたよね。ネモフィラの丘のこと」

「あぁ、そんなこともあったな」

アンゼルムが遠い目をする。その表情はいつもよりもやさしい。

けっこう前のことなのに、覚えてくれていたことが嬉しくて、エルナは喜々として問いかける。

「やっぱり、今回の行き先は、殿下が提案してくださったんですか？」

「たまたまだ。また何かの機会にかこつけて舞踏会のような催しを企まれては厄介だからな。この度は、王妃殿下がご懐妊で何よりだ」

アンゼルムはそう言い、安堵したようにため息をついた。

結局、あれからも花嫁候補を絞りきらず、あの夜で終わってしまったのが残念だったが。それでも以前に比べると、花嫁探しにだいぶ前向きになったという話を聞いている。

無論、コウノトリの件が解消された今は、ソフィアが無事に出産するのを待つばかり。世継ぎが生まれれば、アンゼルムの肩の荷も少しは軽くなることだろう。

「そういえば、アンゼルム殿下は、ネモフィラの花言葉はご存知ですか」

「女はそういうのが好きだな」と一蹴しつつも、アンゼルムは説明をしはじめる。

「神話や花言葉については、諸説があるが、たとえば……おまえの瞳のようなサファイア色の……」

アンゼルムはそう言いかけ、エルナをまっすぐに見つめた。

彼の赤茶色の髪が、さらりと風になびく。その間から見えた真剣な眼差しに少し驚く。

花言葉など知らないと言われそうなものだったからだ。

「赤んぼうの瞳のように澄んだ瞳とか、真心という意味があるそうだ」

そう説明してから、アンゼルムはハッとしたように言い直す。

「別に、おまえに似合うからだとか、花言葉にかけて花をやったわけじゃない。たまたまだ。誤解しないでくれ」

彼の頬がほんのりと色づく。照れ隠しにそっぽを向いてしまったが、彼がほんとうは優しい人だということはもうわかっている。

きっと、エルナを付き合わせたことへの彼なりの感謝の気持ちの表し方だったのだろう。

「澄んだ瞳、真心……とても素敵な花言葉ですね。教えてくださり、ありがとうございます」

エルナがにっこりと笑顔を咲かせると、アンゼルムはきまりわるそうに髪を掻き上げつつも、ああ、と返事をする。

「エルナ、こっちでピクニックをするそうだよ」

ランドルフに声をかけられ、エルナは弾かれたように振り返った。

「ええ。今行くわ」

「俺は散策してくる」

アンゼルムは落ち着かない気持ちを払うように、さっとその場から去ってしまった。

「どうしたんだい？」

「ネモフィラの花言葉を教えてくださったの。澄んだ瞳、真心っていう意味があるんですって」

「そう。澄んだ瞳、真心……か」

ランドルフは感慨深いように言って、エルナを見つめたあと、ネモフィラの咲く丘に消えていったアンゼルムを見送った。

「エルナ、ランドルフ」

イレーネの溌剌とした声に呼びかけられたエルナとランドルフの二人は、急ぎ皆が集まるところへと向かった。

そこには花々とはまた違った華やかな光景が広がっていた。

配膳係が用意してくれたピクニックならではの料理が並べられていたのだ。

「わあ、とっても美味しそうだわ。素敵……！」

チキンの香草焼きと野菜を挟んだサンドイッチや、ベリーがたっぷり入ったフルーツサンドイッチがバスケットにぎっしり詰められている。食をそそるいい匂いがしてきた。

「さあ、お茶会をはじめましょう」

イレーネの楽しそうな声に、マルクスも「そうだね」と頷く。

和やかなピクニックの時間がはじまると、エルナもランドルフと一緒にサンドイッチやハーブティーの味わいを楽しんだ。

しばらく会話に花を咲かせながら食事をし、美しい花々の景色に癒されたあと、おもいおもいに寛ぐ。

「まずは……第一段階を乗り越えたというところかしら」

イレーネはホッと肩の荷を下ろすようにため息をついた。

「おまえにも心配かけたね。イレーネ」

「お兄様のことですもの」

張り切って答えるイレーネに、マルクスが頭を撫でる。

「いつまでもこんなふうに子ども扱いはしていられないか。イレーネもいつ結婚してもおかしくないのだから。しかし、舞踏会の開催は、先延ばしにしておくべきかな」

マルクスは言って、後ろに控えていたヨハンへと視線をやった。

思わずといったふうにエルナとランドルフは顔を見合わせる。

「お兄様、もしかして……」

イレーネは珍しく顔を赤くして、戸惑っている。

考えてみればわかりそうなものだろう。なんていってもマルクスは周りをよく見ている男なのだ。

「問題は、我が弟の方だね」

マルクスは一向に姿を現さないアンゼルムのことを視線で探しながら、苦笑する。

エルナは舞踏会の夜にアンゼルムから聞いた、彼の信念を思い浮かべた。

きっと、誰もアンゼルムの胸の内にあるものを知らないのだろうし、アンゼルムも言うつもりもないのだろう。彼の気持ちを理解するのは、将来彼を愛する人の役割なのだとエルナは思う。

「アンゼルム殿下なら、いつかきっと、ご自身で素敵な方を見つけられますよ」

「エルナがそう言ってくれるなら、きっと大丈夫だろうね」

そう言い、マルクスが鷹揚に微笑む。

そう、いつかネモフィラの丘に、連れてきたいと思える人ができますように。

エルナは心の中でそう願った。

しかしこのとき、ランドルフが複雑な顔をしていたことに、エルナは全く気付かなかった。


初夏から夏へと移り変わる季節の高原の涼やかな風は、疲れを癒してくれるようだ。

お腹いっぱいになったあと、うとうととしはじめたニーナを見ているとエルナも眠たくなってきてしまう。

ランドルフが外套《がいとう》を脱いで、エルナとニーナにかけてくれる。

「少しそうして眠らせておくといい。馬車に揺られると起きてしまうかもしれないから」

「ええ。ありがとう」

エルナは飽きもせず娘を見つめていた。ランドルフもしばらく同じようにしていたのだが、イレーネとヨハンに呼ばれたらしく、名残惜しそうに立ち上がる。

「少し話を聞いてくるよ」

そう言い残し、丘の上にいるイレーネとヨハン、そしてマルクスの三人が集まっているところへと向かった。

それからどのくらい経過していたのか。エルナはいつの間にか意識を失うように眠っていたことに気付き、ハッとした。

すぐ隣を見てみると、ニーナの姿がなかった。

「ニーナ？　嘘……ニーナっ……どうしよう。いないわ」

エルナは驚いて、慌てて起き上がる。

「どうしたの？　エルナ」

「ニーナの姿がないの」

「まあ、大変！」

イレーネも慌てて周りを見回す。

(どうしよう。いつから？　どのくらい時間が経過していたのかしら)

ニーナはもう一歳だ。身体を這わせていた時期はとうに過ぎ、まだよたよたという感じだが、歩くこともできるのだ。

もしも湖に落ちてしまったら――

エルナの顔からさっと血の気が引く。

「エルナ、どうしたんだ」

ランドルフが心配そうに駆けつけてきた。

「ニーナが！　ニーナがいないの」

「すぐに探そう。このあたりには我々だけだ。連れ去られたわけではあるまい」

ランドルフはすぐに騎士たちを呼びよせ、護衛から急きょ捜索に指示を変えた。

マルクスも事の騒ぎに駆けつける。

「そう遠くに行っていないはずだよ。手分けをして探そう」

それから大捜索がはじまったが、どこにも姿が見えない。

不安で仕方なくて、エルナも懸命に探した。

「エルナ、落ち着くんだよ。君まで何かあったら大変なんだから」

「ええ」

ランドルフの励ましが心強い。

少しでも目を離してしまった自分が情けなく、涙が溢れてくる。けれど、今は泣いている場合ではない。一刻も早くニーナを見つけなくては。

そのとき、イレーネの声がした。

「ニーナ！　皆こっちよ！」

皆が慌てて一斉に駆けつけると、ニーナはアンゼルムの腕に抱っこされ、すやすや眠っていたのだ。

エルナはホッとしてよろめいてしまう。それをランドルフが支えてくれた。

「エルナ、大丈夫かい？　しっかりするんだ」

「ごめんなさい。気が抜けて……とにかくニーナが無事でよかったわ」

「しかし、なぜ……このようなことに」

ランドルフは困惑していた。エルナも何が何やらという感じだ。

ニーナが寝ているところを起こすのも気が引けて、そのまま立ち尽くすばかり。

「ぐっすりですね」

と、覗き込んできたヨハンが声を潜める。

「これはまた……すごい光景だな。こんな無防備な弟の姿を見たのは初めてだ」

たしかにアンゼルムの寝姿は、少年期のような表情を思わせるものだった。

「なんだか、父娘と言っても、不思議ではないみたいね」

イレーネがさらっと言うと、ランドルフがショックを受けた顔をする。

「王女殿下、そんなことを言ったらダメですよ」

ランドルフを尊敬するヨハンが、板挟みになっておろおろとしている。

たしかにこの状況は、アンゼルムの方が父親のようだ。ニーナを抱いて、安らかに眠っているのだから。

エルナはランドルフにもアンゼルムにも申し訳なくて仕方なかった。

「こんなに近くにいたというのに盲点《もうてん》だった。まさか、連れ去ったわけでもあるまいな」

マルクスが不穏なことを言うので、ランドルフがぎょっとした顔をする。

「まさか。アンゼルム殿下はそのようなことをされる方ではありませんよ」

「じゃあ、あんまりの可愛さに、ちょっと相手をしてみたら、疲れて寝てしまったとか？」

イレーネがそう言い出すと、皆はそれぞれ納得した顔をする。ありえないことではない。

「エルナは全然気づかなかったのよね？」

「ええ」

「とにかく、大事に至らなくてよかった」

ランドルフがホッとしたように言った。

声を潜めていたつもりだったが、だんだんと皆の声が我慢できずに大きくなったからか、煩《うるさ》いといいたげにアンゼルムの眉間にしわがよる。

それから瞼をそっと開けてしばしぼんやりとしたあと、周りの面々に見られていることに気付いたアンゼルムは、慌てて起き上がろうとして、すぐに身動きを止めた。

ニーナがしがみつくようにして、すうすうと寝ていたからだ。

「……っ」

アンゼルムはしまったなという顔をして、そろりとニーナを腕に抱いたまま起き上がった。

「まさか……驚いたよ。誘拐犯が、アンゼルムだったとは」

「は？　何を言っているんだ。誤解を与えることを言うな」

「いやいや、実際、大騒ぎだったのだよ。エルナが青い顔をしていたし、ランドルフが指揮をとって、捜索に乗り出すところだった」

「とにかく、よかったわ。無事だったんだもの」

「……すまん。エルナが寝入ったあと、起こしたら悪いと思ったんだ。誰も気づかないようだったから相手をしていた。そのうち泣き止まなくてあやしているうちに疲れて、一緒に寝てしまっていた」

アンゼルムはそう言い、きまりわるそうにしている。

イレーネの推理はちょっとだけ合っていたみたいだ。そのときのアンゼルムの戸惑う様子を想像したら、なんだか和んでしまう。

「赤んぼうをあやしている姿を見てみたいものだったな」

うーんと、マルクスが勿体ないことをしたと唸る。

「お兄様ったら。のんきなものね。ほんとうに心配したのに」

イレーネが腰に手を当てて文句を言うと、ヨハンがまあまあと彼女を宥める。

エルナとしても耳に痛い話だった。

「もとはといえば、私が……悪いんです。ごめんなさい」

「いや、エルナは悪くないよ。弟が不慣れなことをするのがよくなかったんだから」

マルクスがそう言ってくれる側で、エルナはアンゼルムに話を振った。

「面倒を見て下さっていたんですもの。子どもの寝顔を見ていると眠くなってしまうんですよね」

「あぁ。迂闊《うかつ》だった。すまない」

アンゼルムは今回ばかりは本当に申し訳なさそうにしている。

「あ、見て。ニーナが起きたわ」

イレーネの声に、皆が弾かれたようにニーナに注目した。

アンゼルムの腕に包まれ、彼の上衣をきゅっと握りしめていたニーナは、目をしょぼしょぼとさせて、ぼんやりしていた。

「ニーナ、おいで」

いつまでも抱かせていては申し訳ないと、ランドルフが手を伸ばす。

そして、アンゼルムが抱き上げてランドルフに渡そうとしたときだった。

その瞬間、高らかな泣き声が響きわたった。

「やぁぁ……あーあー！」

ニーナは、アンゼルムの上衣にしがみついて離れようとしない。いやいやと一生懸命頭を振っているのだ。「参ったな」とアンゼルムが困った顔をし、ランドルフはどうしたらいいものかと狼狽えている。

「ニーナ」

エルナが両手を伸ばしてみても、ニーナはいやいやと瞳に涙をいっぱい溜めてますます顔を隠してしまう。マルクスとイレーネも試しにニーナをあやそうとするが、やはり引き離されたくないらしい。

「これ以上ニーナをむやみに泣かせるな。上着がびしょびしょだ」

アンゼルムは困惑した表情でそう言い、ニーナをやさしく撫でた。

すると、満面の笑みを浮かべてアンゼルムを見る。それには周りも感嘆のため息しか出なかった。

「いったいアンゼルムお兄様の何が気に入ったのかしら」

イレーネが拗ねたように頬に手をあてがい、アンゼルムとニーナを交互に見る。

「まったくだ。妬けることだね。すっかり懐かれてるじゃないか」

マルクスもつれないニーナにショックを受けている。

「俺も好きでこうしているわけじゃない」

アンゼルムが焦れたようにニーナを引き離そうとする。だが、やはりニーナは泣いてしまい、断念する。しっかりと抱いてやると嬉しそうにきゃっきゃと声をあげ、安堵するように頬をすり寄せるのだ。これはもう生まれたての雛鳥の状況である。

悔しそうな面々の何重奏かのため息が交わり、アンゼルムはひとり居心地が悪そうだった。

「さっきもこの通りだったんだ。何度エルナの側に戻してやったことか」

さすがにアンゼルムも困惑しきっている。

「しばらくは姫君のご機嫌とり係になるしかないね」

マルクスが揶揄するようにそう言いつつ、ランドルフへと視線を寄せる。

「気の毒だね。アンゼルムを父親と思っているのでなければ、いいけど」

「ぐっ……」

ランドルフはショックを受けたらしく、言葉を詰まらせてしまった。

「もう、ランドルフったら、すぐに真に受けるんだもの。ちゃんとニーナだってわかっているわ。大丈夫よ」

　エルナは夫のフォローをし、アンゼルムも「さすがにそれはないだろう」と呆れたように味方してくれたが、ランドルフの本来の主であるマルクスのダメ出しはいつものように容赦なかった。

「昔からそうなんだ。ランドルフはね。任務では真面目で頼りになる男だが、任務以外の、しかも自分のこととなるとどうしようもないんだ。周りが見えなくなってしまうんだよ」

「ほんとう、なんだかんだ言って、ランドルフが一番の苦労性よね」

　イレーネが同情するように言う。

　ランドルフに皆の視線が一斉に集まる。

「ほ、ほら、ニーナにとっては、遊んでくれる玩具だと思っているかもしれませんよ」

　なんとか救いの手を差し伸べたかったのだろう。ヨハンが口を滑らせて、すぐに「申し訳ありません」と慌てて謝る。

「舞踏会の令嬢たちのお相手の次は、未来の令嬢のお相手か……」

　勘弁してくれ、といわんばかりのアンゼルムに、マルクスがこれ幸いと口を挟む。

「なおさら丁重におもてなしをしなくてはね。ミンディア妃の末裔ということになるのだから」

　それがいやみだと受け取ったアンゼルムが、ふんと鼻を鳴らす。

「兄上こそ、育児の予行練習をするのではなかったか。コウノトリの姫が生まれるまで、おもてなしをしたらどうだ。懐かれるまで苦労しそうだがな」

冷ややかにアンゼルムが言うと、マルクスはいつになくむきに反論した。

「そのコウノトリの姫……という名前はやめてもらいたいな」

笑っているが、目は笑っていない。だから怖い。

エルナはハラハラしながら見守るだけだった。

「幸せを運んでくる存在という意味なら間違っていないだろう」

「……なるほど。それはいいことを聞いた。ソフィアにも教えてやろう。我々の子が生まれたときには、御守係をぜひ頼みたいものだね」

「は、勘弁してくれ」

仮にも王と王弟という立場にある人たちなのに、大人げない攻防戦が繰り広げられ、周りは唖然としている。このまま放っておいたら、延々と言い合いが続きそうな勢いである。

「気が合うのか合わないのか、よくわからないわね。お兄様たちは」

イレーネが呆れた顔をする。

ヨハンもどうしていいかわからない様子でとりあえず見守っている。

しかし王と王弟が並んでいられるその光景こそが、幸せの象徴といえるのかもしれない。

エルナはランドルフと顔を見合わせて、なんだか脱力してしまい、どちらともなく笑った。

そしてエルナはランドルフの耳に近づいて想いを伝えた。

「あなたの良さは、私が一番わかっているわ。だって、私の大切な旦那様なんだもの。ニーナにだってわかってもらえるはずよ」

「エルナ……」

ランドルフは嬉しそうに目元を緩めてくれ、エルナの肩をそっと抱き寄せた。

「もしかしたら、ニーナこそがコウノトリなのかもしれないね。こんな穏やかな光景を見たことはないよ」

「実は私もそう思っていたの。今度はソフィア王女殿下も一緒に楽しい時間を過ごせるといいと思うわ」

「そうだね。君は殿下の力になってさしあげるといい」

エルナは「ええ」と頷いて、夫の胸にそっと頬を寄せる。

きっとランドルフの考えていることは、一緒だとエルナは思う。

将来ニーナが大きくなったとき、王族の人たちに囲まれるようになるだろう。ランドルフやエルナが彼らの側に在って幸せであるように、彼女にもそういう未来があるといい。

そして、そのときが来たら、今日あったことをニーナに話そうとエルナは思うのだった。

結局、ニーナはその後もアンゼルムから離れなかった。

すっかりお気に入りの玩具と化してしまったらしい。ミルクと離乳食を与えたあとも眠る気配がなく、彼にべったりと引っ付いていたのだ。アンゼルムは渋々彼女に付き合っていた。

ニーナがようやく眠ったのは、高原から王宮へと馬車で戻ったあとだ。

思いのほか遅くなってしまったので、せっかくなら夫婦水入らず過ごせばいいとマルクスに送り出されたエルナとランドルフは、その言葉に甘えて、以前に王宮住まいのときに使っていた夫婦の寝室に泊まらせてもらうことになった。

ニーナがもしも夜に起きたら、王宮の育児メイドが乳母と交代しながら面倒を見てくれるそうなので、そのあたりも一安心だ。

「まったく、あんなにも懐いてしまうとは驚いたよ」

部屋に入るやいなや、ランドルフはそう言った。

父親として立つ瀬がないと落ち込んでいたランドルフは、まだその余韻を引きずっていたらしい。そんな彼の気持ちもわからないわけじゃない。エルナもニーナから抱っこを拒否された一人なのだ。

「しかし……悔しいが、嫉妬ばかりをしていたら、キリがないものだな。この間、反省したばかりだというのに」

ランドルフは上衣脱ぎながら、自嘲気味にため息をつく。

「まだ言っているの？」

エルナが拗ねたように見上げると、ランドルフは言葉を詰まらせ、頬を紅潮させた。

「いや、君が私を愛してくれていることはもちろんわかっているよ。だから、罰が当たったのだと思ったんだ。ニーナのことばかりに君が構っているからといって、拗ねていた自分が恥ずかしいよ」

そんなランドルフのことが愛おしくて、エルナは頬を緩ませてしまう。

「それだけあなたが愛してくれているってことでしょう？　それに、ニーナだって、ランドルフのことが大好きよ。だって、私とあなたの子だもの」

エルナが励ますと、ようやくランドルフは元気を取り戻し、「そうだね」と微笑んでくれる。

そして、後ろからエルナをぎゅっと抱きしめてきた。

「今夜は、せっかくだから甘えさせてもらおうか。君と過ごす時間を大事にするって、以前に約束したからね」

耳の側に落ちてきた熱っぽい声にドキッとする。

「ええ。でも、待って。汗をかいてしまったから、先に湯あみをしてもいいかしら」

「いいや。せっかくなら、一緒に入ろう」

ランドルフの抱きしめる腕にぎゅっと力がこもり、エルナは身動きとれなくなってしまう。

「そんな。一緒だなんて」

「今さら恥じらうのかい？」

そう言って、ランドルフがこめかみにキスをしてくる。彼の甘ったるい声に、ドキドキした。

「だ、だって」

「そういう、いつまでも初々しいところが、君の可愛いところだ」

お腹に手を回して抱きしめられ、エルナは顎を突き上げるようにしてランドルフをおずおずと見上げた。

「ランドルフはいつも……狼になっちゃうでしょう？」

そう問いかけると、ランドルフが意表を突かれたように、照れたような戸惑った顔をする。

「……それは君が煽るから。我慢ができなくなってしまうんだ」

「煽ってなんか……」。

「私に激しく求められるのはいやかい？」

ランドルフは耳元で囁いて、エルナを覗き込むようにして唇をやさしく吸う

「いやじゃないの。ただ、ドキドキして止まらなくなってしまうから、それが困るだけよ」

それは本心だった。もうずっと昔からランドルフに憧れてきた。『仮』の新婚生活のときも、結婚してからも、ずっと彼にドキドキしている。

いつになったらこの気持ちはおさまるのだろう。その日は来るのだろうか。そんなふうにエルナは思う。今もさっそく心臓の音が早鐘を打っていて、身体が熱くなるばかりだ。

「もっと、そんなふうに私のことをたくさん感じて欲しいんだ」

おいでと手を引かれて、エルナは結局ランドルフに従ってしまう。

部屋の奥に備えつけてあるバスルームに向かうと、二人はキスをしながら互いに身に着けている衣服を脱がせ合った。

まだ何もしていないのに、これからはじまる官能的な調べを期待して、よりいっそう身体が熱くなっていく。

バスタブには湯がたっぷり入れてあり、薔薇の花が浮かんでいた。

きっと、国王夫妻が今夜の二人のために気を利かせてくれたのだろう。

「粋《いき》な計らいをしてくださったようだ」

ランドルフが言い、側にあったオリーブ色の石鹸を掴んだ。

「今夜は君をたくさん綺麗にしてあげる」

ランドルフが石鹸を泡立て、エルナの身体を洗ってくれる。

手が触れるたび、指が擦れるたび、エルナはビクリと反応してしまう。身体を洗ってくれている手がそれだけを目的にしているわけではないということが伝わってくると、どうしようもなく胸が高鳴った。

「エルナ、うっとりした顔してるね」

「だって……ねえ、あなたのことも、してあげたいわ」

「じゃあ、こうして、一緒にしよう」

お互いの手が泡だらけになっていく。その手を彼の首や肩に這わせてみる。隆起した筋肉に触れると泡がゆっくりと下に落ちていった。

すると今度はランドルフがエルナの胸を揉みあげながら、首筋にくちづけをしてくる。

「あ、……あっ……」

エルナはそろりとランドルフ胸や背中、そして順に腰に触れていく。そうして、最後の塞である屹立に手を伸ばす。既に硬く張りつめつつあった彼が愛しくて、擦り上げるように握ってみる。ビクリと反応が返ってきて、エルナの方が驚いた。

「っ……そこも、してくれるのかい？」

根元からくびれにかけて手のひらで擦り上げ、裏筋や先端へと指を這わせ、窪みに触れると、してしまう。

びくりと震えた。

「あ、さっきよりも、硬く……大きくなってきてるわ」

「君に触れられたら、そうなるよ」

お返しといわんばかりに、ランドルフの手がエルナの秘裂へと這わされる。

「あっ……ん」

蜜口を指で広げられ、中の窪みをぬるりと擦りつけられて、臀部が跳ねてしまうほど感じてしまう。

「ここが、ぬるぬるだね。これは石鹸のせいじゃないな。もう感じてしまったのかい？」

ランドルフはそう言いながら、エルナの柔らかい蜜壁を捏ねまわす。

「ん、あ、はぁ……だって、あっ」

彼の指に弄られると、きゅんきゅんと痺れてたまらない。

「もっと、深くまで欲しい？」

「ん、……ランドルフだって……濡れているのでしょう？」

繰り返し手を這わせていると、彼の先端からぬるついた透明の滴《しずく》が溢れてくる。

お互いに興奮して、息遣いが荒くなってきていた。

「そうだよ。君の中に挿入したくて、たまらない。でも、まずは君をイかせたい」

そう言って、ランドルフが二本の指を深くまでねじ込んできた。

「ああっ」

濡れた蜜壁を広げるように、じゅぷりと沈んできた指が、さらにエルナの気持ちのいいところを探るように中をかき乱す。

ぐちゅ、ぐちゅと卑猥な音が響きわたり、それが官能を高めていく。

「あ、あんっ……」

エルナも、ランドルフに気持ちよくなってもらえるように、握った彼の屹立を上下に扱きあげた。

「上手だね。君も気持ちいい？　エルナ」

中を捏ねまわされて、立って居るのが辛くなってきた。

「……あ、ん、……あっ……気持ち、いいわ」

「よかった。もっとよくしてあげるよ」

「あ、あっ……ランドルフは？　きもち……いい？」

「ああ。とても……いいよ」

感じれば感じるほどに、早くひとつになりたい衝動が訪れてしまう。

「あっん……もう……っだめっ……」

「……エルナ」

それはランドルフも一緒だったみたいだ。ほぼ衝動的に、どちらともなくキスをした。

「ん、んん、」

唇が濡れて舌を絡める吐息が熱い。

身体を擦り合わせていると、胸の先がじんとしてくる。男らしい二の腕や、厚い胸板、隆起した腹筋の逞しさにドキドキする。彼に抱かれたいと強い欲求が湧いてくる。

お腹にこすれているランドルフの屹立が、はちきれんばかりに脈を浮き立たせているのが伝わってくる。太くて硬いランドルフのそれで、中をいっぱいにしてほしくなってしまった。

「は、んん、……もうっ……わたしっ…立っていられないの」

「わかっているよ。エルナ、こっちにおいで」

ランドルフが熱っぽく囁いた。

二人はバスタブの中に一緒に入る。湯に浸かるのと同時に濡れた唇を重ねられ、エルナはランドルフの舌が絡まりあってくるのを受け入れ、夢中でくちづけを続けた。

その間も、胸の先端を弄られ、秘めた花芽を擦られる。甘美な痺れに苛まれ、びくりと身体を跳ねさせた瞬間、唇が離れてしまった。

「はっ……んん、……はぁ……」

「後ろを向いてごらん」

　エルナはバスタブに掴まって、ランドルフの方へとお尻を向けた。

「中に挿れるよ」

　予告と共に、先端が蜜口にぐぷりと埋められる。

　ついに待ちわびたものが入ってくるのだと思ったら、エルナの中が激しく蠢いた。

「ああっ」

「君が欲しがってるものを今、あげるよ」

　先端がめり込むように沈んだとおもいきや、そこから一気に貫かれた。

「ああ……っ！」

　あまりの衝撃に目の前が明滅する。

　いつもなら、少しずつ慣らして入ってくるのに、今日は随分と性急だ。それにさっき触れたときよりも張りつめているような気がする。いっきに根元まで埋められ、下腹部に圧迫感が広がる。

「もっとだ。もっと……奥まで」

「……あ、あ、ああっ」

　愛撫されてとろけた中は狭いながらも、彼を受け入れようと絡みついていく。ぎちっと埋まった彼の昂りからはドクンドクンと太い脈動の震えが伝わってくる。

「……くっ……君の中、熱い。このまま繋がっているだけで、溶けてしまいそうだ」

軽く抜き差しを加えながら、ランドルフの硬く膨れた牡《おす》が擦りつけられていく。

同時に花芽をそっと指でくすぐられ、喉の奥がひくりと震えた。

腰の動きはゆったりと焦らすように、でも、少しずつ速くなっていき、臀部が打たれるたびに、エルナの乳房が揺れる。

隆起した頂を指で擦られ、ひくひくと痙攣しつつある花芯を弄られながら挿送を加えられると、頭の中が真っ白になりそうになった。

「や、あんん、ランドルフ……はぁ……ああっ」

あまりの快感に我慢できなくなり、エルナはすすり泣くかのように喘いだ。

「一緒にこうされると、気持ちいいのかい？」

包皮ごと花芯を転がされ、ランドルフの腰の動きが速まり、先端から根元までをたっぷりと埋めるように抜き差しされる。

ずんずんっと子宮の奥に衝撃が届くほど深く穿たれ、甘い痺れが広がっていくのがたまらない。それをもっと感じたくてエルナも腰を揺らした。

「ん、あんっ……きもち、いいっ」

「可愛い。エルナ。君をもっと……感じさせてあげたい」

ランドルフの手がエルナの乳房を両手で揉み上げながら、腰を押し回すように動かしてくる。

それから張りつめた剛直を深く浅く抜き差しするように腰を打ち付けながら、ランドルフはエルナの耳朶を甘く食んだ。

ねっとりと舌を這わされ、ぞくぞくと甘美な快感がこみ上げてくる。ありとあらゆるところが、性感帯になってしまっているようだ。

「ああっ……」

あまりの喜悦に、エルナは思わず腰を突き出してしまった。すると、お尻を掴むように揉みあげられながら打ち付けられ、その弾みで入り口がきゅうっとランドルフを締めつける。

「すごい……締めつけだ。君にもっていかれそうだよ」

彼は切なそうに呻いた。その隘路を広げようと、掘削《くっさく》するように挿送を繰り返す。

「っ……はっ……出し入れする度、君の中が……絡みついてくる。ぐちゅぐちゅだ」

ランドルフの低く囁く声すらも愛撫の一部となってエルナを虜にする。

「あ、あっ……っ」

さらに胸の先端を両方のぬるついた指先で擦られながら腰を打ち付けられて、繊細な快感と深い官能とがぶつかりあって、よりいっそう淫らな熱に支配される。

「あぁ、ん、あっ……一緒にしちゃ、……やっ……」

腰を引いて逃れようとするが、ランドルフが離してくれなかった。

「いやじゃないってわかってるよ。もっと、気持ちいいところに触って欲しいはずだ」

そう言って、ランドルフが次に触れたのは、結合部分で震えている花芽だった。

さっきはやさしく触れただけだったけれど、今度は違った。

くるりと包皮を剥き、あらわになった紅珠のような秘粒をぐにぐにと潰してくる。

「ひっ……あああっ……！」

敏感なところを丹念に弄られ、奥からどっと熱い蜜が噴き出てきた。

「すごいな。胸の先も硬くなってきた。真っ赤な色も、ここともおそろいだね」

「や、ああっ……んん、言わないで、恥ずかしいのっ……」

打ち付ける勢いで、湯船がぴちゃんぴちゃんと音を立てる。

エルナはバスタブにしがみつきながら、ランドルフの熱い昂りをたっぷり中で感じて、何度も甘い愉悦の波にもまれ、頭の芯が痺れていくのを感じていた。

「あっ……あっ……ああっ……」

「はっ……エルナ、……っ」

激しい腰の動きのたびに、切羽詰まったランドルフの息遣いや擦れた低い声が耳に触れる。

それさえも愛撫の一部となって、エルナに甘い愉悦を与え続ける。水圧に任せて突き入れられた肉棒はたっぷりと最奥までを突き上げ、内襞が絡みつくのを味わうように縦横無尽に掻きまわす。あまりの気持ちよさにおかしくなりそうだった。

「はっあっ……っ……ん、ランドルフ。キスして……」

気づいたらそうおねだりしてしまっていた。

「かわいいこと言うね。君は今、いったいどんな顔をしてるのかな」

ずんっと突きあげて、ランドルフがいじわるなことを言う。

「あぁっ！」

一瞬にしてのぼりつめそうになったそのとき、肉棒が中からずるりと抜けて出ていった。

「ふ、ぁぁあ」

咥えこんでいたものが離れると、中が物欲しげに蠢き、ひくひくと痙攣していた。

「はぁ……ぁ……」

エルナが脱力していると、ランドルフがエルナを振り向かせ、天を仰ぐようにそそりたつ彼の屹立を再び蜜口に押し当てられた。ぐぷっと泡立つような音がする。でも、軽く埋もれただけだ。

「そのまま、腰を沈めてごらん」

背中と腰をランドルフの腕に引き寄せられ、向かい合って抱きあうような格好になる。ランドルフの下半身を跨ぐような格好で、ぐっと下に腰を引っ張られ、蜜口に埋まった屹立がさらに沈んでいく。

「あ、あっ……ああっ」

「もっと深くに、おいで。そう」

言われるままに、彼を受け入れていく。

ぬめぬめと絡みついていくのがはっきりと伝わってくる。

「あっ……あぁっ……」

それに、ランドルフの昂りはますます張りつめて、エルナをいっぱいに満たしてしまう。

思わずエルナはランドルフに胸を押しつけるような格好で、首にしがみついてしまった。

「エルナ、顔をよく見せて。キスをしよう」

おずおずと身体を少しだけ離すと、ランドルフの手がエルナの後頭部を軽く押さえるようにして唇を近づけた。

「ん、っ……んんぅ……」

濡れた唇をやさしく啄むようなくちづけは、強引に奪われるよりもかえって官能的な気分にさせられる。

いやらしく欲していることが伝わってしまったら恥ずかしいから我慢したいのに、ねっとりと舌を這わせられた瞬間から、中は狂おしいほどに収斂《しゅうれん》を繰り返していた。

「ん……っ」

「エルナ、瞳が潤んでる。顔も真っ赤だし、すごくいやらしいね」

「あ、あっ……言わないでっ」

「そういう君も好きだよ」

「あっ…ほんとう……？」

「動いてごらん。支えてあげるから」

そう言い、ランドルフがエルナの腰を両手で掴む。

「は、あん、あっ……」

「積極的なエルナも、可愛いね」

「ランドルフ、んんっ……おっきくて、はぁ、いっぱいになっちゃうの」

まるで吸いつくみたいに彼の剛直を包み込んでいる自分は、なんて淫らなのだろうか。そう思うものの、腰の動きが止められない。

「それはね、君があまりにもいやらしくて、可愛すぎるからだよ」

そう言い、ランドルフが焦れたように、下から突き上げてくる。

「ああぁっ」

根元までいっぱいに埋められ、ランドルフはため息をつく。

そこから熱っぽい衝動のままに下からどんどん突き上げられ、エルナも彼の動きに合わせるように上下に腰を動かした。

互いの昂りがぶつかり合って、今にも感極まってしまいそうになる。

ランドルフの肩に置いているエルナの手はかたかたと震えていた。

「あ、あ、あっ……はげしっ……ああっ……」

何度もいっぱい押し込むように揺さぶられ、エルナは衝撃に耐えられず、ランドルフの首にしがみついた。ランドルフはエルナの腰を抱き込むようにして、雄々しく突き上げてくる。

「はぁ。……エルナ、このまま君の中に……出したい」

「あ、んん、赤ちゃん、またできちゃうわ」

久しぶりにランドルフと触れ合いができるようになってから、箍が外れた夫は毎晩のように求めてくる。でも、エルナはそれも嫌ではなかった。

どれほど求めあっても足りないくらい、エルナもまたランドルフのことを求めているのだ。

でも、そんな触れ合いが出来なくなってしまう。もうすれ違いたくない。

「いいさ。もう大丈夫だから。私の子を……たくさん産んでくれ」

ランドルフの腰の動きが速くなり、断続的に打ち続ける動きが、よりいっそう激しくなっていく。

中でまた昂りがぐんと嵩《かさ》を増し、膨らんでいくのを感じた。そして硬く張りつめていくのが伝わってくる。エルナもまた愉悦の波が押し寄せ、快楽の極みが訪れようとしていた。

「ああ、あ、あっ……ランドルフっ……私、もうっ」

「ああ、いいよ。一緒にイこう」

身体が揺さぶられ、がくがくと震える。

突きあげられ、打ち付けられる快感に、その身を委ねていた。

「ふ、あああっ……あっあっ……っ」

「愛してるっ……エルナっ……」

最奥に突き入れられた瞬間、背が弓なりにしなった。

一瞬の浮遊と空白のあと、全身の強張りがビクビクンと弾け、感極まるあまり、声にならないような嬌声が漏れる。体内にビュクビュクとランドルフの熱い精が迸ってくるのを感じた刹那、エルナはさらなる絶頂へと駆け上がっていった。

「あああ――っ！」

「……っ」

落雷に遭ったのではないかと思うほどの衝撃だった。

しばらく何も考えられないまま、繋がり合っている部分から伝わる脈動を心地よく感じていた。ずっとこうして抱きあっていたいと思うほどに、思考が蕩けてしまっている。

混沌としていると、唇に温もりが触れた。濡れた唇がくっつき合うだけでも気持ちいい。

「は、ん」

ほぼ無意識的にお互いの唇を食み合い、甘い余韻を共有しあったあと、抱きしめ合って、そして、こつりと額を当て合った。

「今度は、ランドルフにそっくりの男の子もいいわ。将来、立派な騎士になるの」

「ならば、嫡男のほかに、もう一人……男の子を作らねば」

ランドルフがそう付け加え、エルナにキスをする。

「まだ夜はこれからだよ」

きっとこれからベッドに運ばれたら、もっと甘い夜が待っているに違いない。

甘い愛の調べはまた、夜通し奏でられ……夫の深い愛に溺れる。

まんまるに輝く月のように、心から満たされた夜だった。

❤エピローグ　永遠の約束

あれから一年が経過し――

国王夫妻の間には無事に第一子となる王女が生まれ、王宮では盛大な宴が行われた。

その半年後、グライムノア公爵の邸に『コウノトリの姫』からお茶会への招待状が送られてくる。エルナはさっそく招待状の中身を開いた。

『コウノトリの姫』というのは、ネモフィラの花の丘でつけられた王女の呼び名だ。

最初はアンゼルムが皮肉のために言いだした名で、マルクスは不満な顔をしていたが、その後、かえって幸運の象徴で縁起がいいとソフィアが言い出したことにより、本名のシャルロッテ王女という名よりも、今ではすっかり『コウノトリの姫』という呼び名が定着しているのである。

まだ幼いシャルロッテ王女の代筆は国王マルクスだ。文面を読み進めると、なんとソフィアのお腹には既に第二子がいるのだという。

当日エルナはニーナを抱いて、王宮から迎えに来た馬車に乗り込んだ。

開催場所は王宮ご自慢の薔薇の庭園で、案内役としてイレーネが待っていてくれた。

「こっちよ、エルナ」

ちょうど薔薇の見頃を迎えた庭園は、芳醇な甘い香りが漂い、その花の美しさと共に訪れた者を魅了する。

白いガゼボに透かし彫りのテーブルには、色とりどりのお菓子が並べられ、甘い香りが漂っていた。

案内された場所は、中庭のミンディア妃の石像のある噴水の近くで、少しふっくらしたソフィアの隣にマルクスが支えるように立っており、その少し後ろに任務中のランドルフが仕えている。

エルナはランドルフに微笑みかける。ランドルフもまた目で合図を送ってくれた。

そして、緑に囲まれた庭園には生後六ヶ月を迎える第一王女シャルロッテの可愛らしい姿があった。ひょっこりと見える位置から王女の姿を覗いてみると、アンゼルムの腕に抱かれているようだった。

すると、エルナの足元をちょこちょこ歩いていたニーナが急に反応し、「ニーナもいっしょ」と指を差す。

「えっ。ちょっと待って、ニーナ」

小さいながら二歳半の彼女の力強さといったら結構すごいもので、エルナの手をすっとすり抜けたニーナは一目散にアンゼルムのもとに行き、遠慮なくぎゅうっと抱きついたのだった。

「おっ……なんだ。ニーナか」

アンゼルムは不意打ちに驚き、先に抱いていた王女を落とさぬように両手にがっちりと花を抱きしめ、戸惑っている。

「あらあら」

ソフィアがその光景を眺め、おっとりと微笑んだ。

その隣で、マルクスが羨ましそうにかつ悔しそうにぼやく。

「我が弟はどうも小さな姫に好かれる傾向にあるようだね。娘をとられた挙句、ニーナの興味をさらうのだから、やりきれないな」

「陛下ったら」

ソフィアがくすくすと微笑んだ。

「ご、ごめんなさい。アンゼルム殿下」

エルナはというと、慌ててニーナを捕まえに行き、アンゼルムに謝罪する。

「ほら、ニーナ。こっちに来るのよ」

「やあっ！　ニーナ、ここにいるの」

「ニーナったら……もう」

見かねたアンゼルムがニーナを彼の膝の上に座らせた。

「エルナ、おまえがいいなら構わない。ニーナも大きくなったな」

「ニーナ、アンゼ、すきー」

「……っ、喜んでいいものか、複雑だ。もう半日べったりは勘弁だぞ」

両手に花状態のアンゼルムは困惑しながらも、まんざらでもなさそうである。

「アンゼ、あしょんで。ね？」

「はぁ。少しだけだぞ。俺も暇ではないのだからな」

アンゼルムは言って、王女をマルクスに任せ、今度はニーナの手を繋いだ。

「おはな、みるの」

ニーナはアンゼルムの手を引っ張る。

「薔薇には棘があるからな。触るなよ。見るだけだ」

「ええ。みるだけ！」

ニーナは片言ではあるが、すっかりおしゃべりも達者なのだ。

アンゼルムの長い名をはっきり言えずに舌足らずになるところも、我が娘ながらかわいいとエルナは思う。しかし、王族の兄妹たちは皆口々に文句を揃えていた。

「なぜ、お兄さまばかり、モテるのかしら。妬けちゃうわ」

イレーネが不服そうな表情を浮かべる。

「うーん、いつまでも花嫁ができないから、我が女神、ミンディア妃が同情してくれているのではないかな。いっそ、姫君専属の世話係になるのはどうだい？」

悔しまぎれにマルクスが言うと、アンゼルムは即座に反論する。

「何言っているんだ。俺はそうなるつもりはないぞ」

「シャルロッテは血の繋がりがあるからともかく、ニーナが十三年後、社交界に出るようになったとき、ほんとうに恋に落ちたらどうするつもりだい？」

マルクスが王女を抱きながら、ニーナの方をじっと見る。

「はあ？　愚かなことを考えるな。ニーナはまだ三つにもなっていないんだぞ」

「将来の話だよ。愛に年の差は関係ないのだから、ありえない話ではないだろう？」

マルクスにそう言われ、アンゼルムは側にいたランドルフに話を投げた。

「なら、ランドルフ、おまえに聞くが、十三年もお預けしていられるのか」

「……そ、それは」

「二年ですら奇跡だったのだから、無理だろうね」

あっさりマルクスが間に割って入った。

すると、アンゼルムは何か考えるようなそぶりをする。

「……だが、毎回定期的に花嫁探しを強行されるよりは、そういうことにしておこうか」

その言葉を聞いて、ランドルフが任務中であるにも関わらず、焦って口を挟んだ。

「お待ちください。父親の私としては……複雑なのですが」

「俺が相手では不服か。十三年後の話だ」

「いや、とんでもありません。しかし……」

ランドルフには冗談が通じない。アンゼルムは本気で言ったのではないだろう。

「ランドルフに八つ当たりするな、弟よ」

「兄上が妙なことを言い出したのではないか」

言い合いがはじまろうとしたところで、ニーナが間に割って入る。

「アンゼ、だっこ！」

「ほら、抱いてくれとせがんでいるよ。将来のおまえの姫が」

エルナと目が合ったアンゼルムは、きまりわるそうに耳を赤くしている。

ランドルフは複雑な表情をしているし、マルクスはそんな周りを見て楽しそうだ。

そしてソフィアは女神のように見守っている。

「賑やかよね。楽しいからいいけど」

イレーネが肩を竦めてみせる。

「ふふ。そうね」

エルナも和やかな光景を眺め、思わず頬を緩ませた。

「我々が先に第二子を授かったが、まあ最終的には、おまえが一番子だくさんになりそうだね、ランドルフ」

「陛下が私に何をおっしゃりたいのかは長年の付き合いでわかりますが、あえて言いませんよ」

ランドルフが顔を赤くして否定するので、エルナは笑ってしまった。

実は、エルナのお腹の中にも第二子となる子が既にいるのだ。だが、ランドルフにはまだ報告していない。イレーネに先に指摘されたので、マルクスに伝わったのだろう。言いたいのをうずうずしているのかもしれない。

皆の会話を聞いて、我が子がどんなふうに成長していくのか、どんな大人になるのか。この先の未来、また彼らが大人になってからのことを考えると、それもそれで楽しいものだ。もしかしたら想像もしていない様々な恋模様があるかもしれない。

そして、エルナはあらためて大好きなランドルフと結ばれたことを幸せだと思う。

エルナはランドルフの側に近づき、懐妊したことをこっそり告げる。

「ほんとうかい？」

ランドルフは驚き、そして嬉しそうに頬を緩める。

「ええ。これからもずっと仲のよい夫婦でいましょうね」

「ああ。もちろんだよ」

逞しく麗しい騎士は、愛しい妻にやさしく微笑む。そして国王陛下を中心とした王宮の人々の楽しそうな姿に目を細めた。そして妻のエルナも同じように。

ベルンシュタインの王族が仲良く過ごしていることは、近衛騎士にとって幸福なことである。

国は日頃から王立騎士団によって手堅く守られ、賢王の政策により、人々の暮らしは豊かになっている。

彼らの治世が末永く続く限り、この先の未来もきっと安寧でいられることだろう。

「十三年後……私の課題はそこか」

ランドルフがぽつりと呟くので、エルナは心配症な夫の様子を見て笑った。

「ずっと先の未来だもの。どうなるかなんてわからないわ。でも、ニーナが選んだ恋なら、私は相手が誰であっても応援するわ」

そう。誰にもわからない未来だから、想像するのが楽しいのではないだろうか。エルナはそんなふうに素直に思う。

きっといいときばかりではなく辛いときだってあるかもしれない。それでも、エルナがランドルフと紆余曲折を経て夫婦になれたように、子どもたちにも素敵な恋をして、愛する人と結ばれる未来を手にとって欲しいと願う。

ふと、エルナはネモフィラの花が一輪そこに咲いていたのを発見する。

とことこと歩いてきたニーナが、「はい、おはな、どうぞ」と誰かに差し出した。

渡された相手は、幸せそうに彼女に笑いかける。

十三年後――。

二人の恋がはじまることをまだ誰も知らない。

それもまた、ひとつの運命になるのかもしれない。

Happly ever after……♡

あとがき

こんにちは。立花実咲《たちばなみさき》です。この度は、数ある本の中から「騎士団長と『仮』王宮生活!? ～ロイヤル・ファミリー～」をお手にとっていただき、誠にありがとうございました！

本作は「騎士団長と『仮』新婚生活!? ～プリンセス・ウエディング～」に続くシリーズ二作目の構成となっております。三周年記念のときにはこっそり前フリとなる内容を書かせていただいておりましたが、お手持ちの方がいましたら、お気づきになられたでしょうか？ 初回限定のものと合わせると三枚ほどショートストーリーを書いているので、本編二作＋三枚と考えると、とても長い付き合いの気分になっています。思えば、ロイヤルキス文庫発の著書も本作で六冊目になるんですね。しかもエルナとランドルフの物語をまた書かせていただける機会に恵まれたこと、ほんとうに嬉しく思っております。これもひとえに応援してくださる皆様のおかげです。ありがとうございます。

シリーズ第二弾とはいえ、本作から入られた方もけっこういらっしゃるのではないかなと思っております。こちらから読まれた方は、ぜひ新婚生活バージョンの方も振り返りつつニヤニヤしていただけるのではないかと！ 続編＆スピンオフという気持ちで本作をご覧になられた方は、ロイヤルファミリーたちの動きを見てニヤニヤしていただけるのではんかと！ というふうに、「新作」として、どちらの楽しみ方もできる仕様に心がけたつもりです。

そして、この先、機会がありましたら、本作の前半とラストにかかっている「あの恋の続き」を書けたらいいなと思っております。もし叶う日が来たら、そのときはまたお知らせさせてくださいね！

さて、今回も素晴らしいイラストです。えとう綺羅《きら》先生に担当していただきました。ああ、またエルナとランドルフに会える！　ロイヤルファミリーに会える！　ツンデレ男アンゼルムにもスポットが！　女性陣の可愛らしいこと、男性陣の麗しいこと、ほんとうに毎回見惚れてしまい、毎度しばらく夢心地に浸るほどステキです。えとう綺羅先生、お忙しい中ありがとうございます。本作でも大変お世話になりました。心より御礼申し上げます。

そして編集担当さま。担当さまとのお付き合いも三周年を越えて四年目になるのですね。いつも朗らかにそしてご丁寧に、ありがとうございます。いつもさらりと嬉しいご感想をいただき、ほんとうに感無量です。デザイナーさんのデザインもとっても可愛いです。

また、本を発行するにあたってお世話になりました各関係者の皆様、本を置いてくださる書店さま、皆々様、支えてくださりありがとうございます。

最後に。読者の皆さんへ。これからもドキドキとキュンとハッピーをお届けできるよう精進してまいりたいと思いますので、どうか今後とも応援のほどよろしくお願い致します。また近々新作でお会いできますように。それではまた！　立花実咲より

ロイヤルキス文庫
Royal Kiss Label

♥好評発売中♥

君が欲しくて欲しくて、たまらなかった

大公閣下の甘やかな執着

くるひなた：著
瀧　順子：画

大財閥バルトロワ家の一人娘であるソフィアは、留学から本国へ帰る為に乗った豪華客船で金髪碧眼の美しい青年・レオンに出会う。互いの素性をはっきりさせないまま楽しい時間を過ごし、優しく紳士的なレオンに心惹かれていくソフィア。刹那の夢とばかりに誘われるまま身を委ね、蕩けるようなキスに翻弄されて――。しかし、船を降りた先で待っていたレオンは隣国ヴィルバラ大公国の大公だった!!　戸惑うソフィアにレオンは一ヵ月後に行われる式典のパートナーに指名してきて!?　身分差ラブ♥

定価：本体 610 円＋税

僕は君に溺れるだけの子羊さ

王子殿下の花嫁
～貧乏お嬢様の甘いちゃ新婚生活～

わかつきひかる：著
ODEKO：画

伯爵令嬢ステファニーはドレスを縫うのが大好きなお嬢様。王家主催の仮面舞踏会に招待され、舞踏会は苦手だけれど招待客の披露する仮装ドレスを見るため、自信作の村娘ドレスで参加することに。狩人の仮装をした貴公子とダンスで意気投合するも、実はお忍び中のアレクシス王子殿下だった!?　ステファニーの純粋さが心地好いとアレクシスに気に入られ、あらがう間もなく天蓋付きの豪華なベッドへ押し倒される!!　胸をまさぐられ強い酒のようなキスに酔わされ、純潔を散らされてしまい♥

定価：本体 610 円＋税

ロイヤルキス文庫をお買い上げいただきありがとうございます。
先生方へのファンレター、ご感想は
ロイヤルキス文庫編集部へお送りください。

〒101-0051　東京都千代田区神田神保町2丁目7　芳賀書店ビル6F
株式会社Jパブリッシング　ロイヤルキス文庫編集部
「立花実咲先生」係　／　「えとう綺羅先生」係

✦ロイヤルキス文庫HP ✦http://www.j-publishing.co.jp/royalkiss/

Royal Kiss Label

騎士団長と『仮』王宮生活!?
～ロイヤル・ファミリー～

2017年3月30日　初版発行

著　者　立花実咲

発行人　芳賀紀子

発行所　株式会社Jパブリッシング
〒101-0051　東京都千代田区神田神保町2丁目7
芳賀書店ビル6F
TEL　03-4332-5141
FAX　03-4332-5318

印刷所　中央精版印刷株式会社

ISBN978-4-908757-72-3　Printed in JAPAN